Indien ohne Gandhi

Von Hey Ram bis Ram Rajya - Verstehen, was diese Wundernation mit Vatan, Vardi, Zameer ausmacht

Translated to German from the English version of India without Gandhi

Mitrajit Biswas

Ukiyoto Publishing

Alle globalen Veröffentlichungsrechte liegen bei

Ukiyoto Publishing

Veröffentlicht im Jahr 2024

Inhalt Copyright © Mitrajit Biswas

ISBN 9789364940818

Alle Rechte vorbehalten.
Kein Teil dieser Veröffentlichung darf ohne vorherige Genehmigung des Herausgebers in irgendeiner Form auf elektronischem, mechanischem, Fotokopier-, Aufnahme- oder anderem Wege reproduziert, übertragen oder in einem Abrufsystem gespeichert werden.

Die Urheberpersönlichkeitsrechte des Urhebers wurden geltend gemacht.

Dieses Buch wird unter der Bedingung verkauft, dass es ohne vorherige Zustimmung des Verlegers in keiner anderen Form als der, in der es veröffentlicht wird, verliehen, weiterverkauft, vermietet oder anderweitig in Umlauf gebracht wird.

www.ukiyoto.com

Alexander sagte zu seinem General Seleucus Nicator, der der erste bekannte Außenseiter war, der auf dem Subkontinent für die Expansion seines Reiches anwesend war: "*Wirklich Seleucus, das ist so ein seltsames Land.*"

Aus Dwijendralal Rays historischem Stück Chandragupta von 1911

Inhalt

Teil 1: Eine feudale Gesellschaft und Nationenbildung   1
Ein Ausflug in die Vergangenheit   2
Ein Zusammenfluss zweier Ideen verschmolz mit zwei verschiedenen Farben.   6
Von Jinnah nach Gandhi über Tilak, Golwalkar und Savarkar über die Hindu-Identität, Jan Sangh, RSS und Ram Rajya - Teil 1.   10
Von Jinnah nach Gandhi über Tilak, Golwalkar und Savarkar über die Hindu-Identität, Jan Sangh, RSS und Ram Rajya - Teil 2.   15
Die Ökonomien der indischen Politik auf lokaler, regionaler und nationaler Ebene: Politico Economus   21
Hörst du Indien oder Bharat?   25
Teil 2: Narrative schaffen und den gesellschaftlichen Maßstab setzen.   29
Ändern Sie die Art und Weise, wie die Geschichte erzählt wird; es spielt keine Rolle für wen oder wen?   30
Auswirkungen auf die Gesellschaft durch Kommunikation in den sich wandelnden Zeiten   33
Inmitten von Hitler und Stalin: Jenseits von Trump und Putin für ein neues Indien   36
Sei die Veränderung, fege das Alte und mache Platz für: Sind wir von unseren Träumen von denen abgewichen, die Blut für unsere Freiheit und Selbstbestimmung vergossen haben?   40
Gandhische Ökonomie, ländliche Desi zu einem neu industrialisierten Land und Milliardär Raj   43
Die I.P.L. (Indian Political League) von Indien von Hey Ram bis Ram Rajya   47
Teil 3: Das Puzzle und Rätsel Indiens, wo die Vergangenheit auf die Gegenwart trifft, in der Hoffnung auf eine bessere Zukunft.   50
Mythologie, Legenden und indisches gesellschaftspolitisches Dilemma   51
Indien das Land, um Vini, Vidi, Vici zu beweisen?!: Jagd nach sportlichem und kulturellem Ruhm.   54
Ek Bharat, Shrestha Bharat: One Nation-One Election to Uniform Civil Code, wird das Konzept der „Vielfalt in der Einheit" Indiens vereinfacht?   57
Teil 4: Der Tanz der Demokratie?   62

Medien als vierte Säule oder als Zirkuspeitschenträger in einer scheinbar Känguru-Demokratie: Index für Lebensmittelsicherheit, Demokratie oder Medienfreiheit Warum rutschen wir ab? 63

Nepotismus rockt etwas, Talent oder Meritokratie später, also wo kommt die Demokratie in Indien her? 66

Das Wunder, die Nation eines Puzzle-Landes zu führen 69

1,4 Milliarden plus Menschen, hier kommt es auf die Größe an! Nun, Qualität nicht so sehr? Wie man das Rätsel von 3P+C (Armut, Umweltverschmutzung und Bevölkerung plus Korruption) für egalitäres Wachstum und Entwicklung entschlüsselt 72

Wir sind dank der Tapferkeit von wenigen aus dem Land der Kühe in den Weltraum gekommen und wohin gehen wir als nächstes in der technokratischen Welt? 75

Wir wollen eine junge Startup-Nation sein, aber tun wir genug für sie? 78

Roti, kapda, makaan (Nahrung, Kleidung, Unterkunft) mit universeller Gesundheit und Bildung noch hinter Dharam, Jati und Deshbhakti (Religion, Kaste und Nationalismus) für Watan, Vardi und Zameer (Nation, Uniform und Gewissen) 82

Fazit 85

Teil 1: Eine feudale Gesellschaft und Nationenbildung

Ein Ausflug in die Vergangenheit

Beginnen wir dies mit einigen persönlichen Erinnerungen, die ich hatte. Ich habe im Laufe der Jahre ein paar ausländische Freunde und Gäste getroffen. Einige haben Aussagen erwähnt, wie zum Beispiel, dass alle Inder so klein sind wie du (was sich auf mich bezieht, ein kleiner Kerl). Einige haben mich gefragt, warum sprechen wir nicht Indisch und wie kommt es, dass es hier so viele verschiedene Kulturen gibt? Die Tatsache, die von einigen anderen Freunden außerhalb Indiens wirklich geschätzt wurde. Es gibt viele Bücher, die über Indien geschrieben wurden, geschrieben werden und auch in Zukunft geschrieben werden. Die Natur des Landes Indien, das noch heute Debatten um seine anderen Namen hat, ist vor allem durch Veränderungen entstanden, die nur einige definieren, verstehen und analysieren können. Ich kann ehrlich zugeben, dass ich zu keinem von beiden fähig bin. Die Idee, Indien zu verstehen, ist jedoch unverständlich, wenn man sie aus einer einheitlichen Perspektive der westlichen Linse betrachtet. Indien war immer im Bewusstsein[1], was von den Gelehrten in vielen der Werke veranschaulicht wurde. Die Nuancen der kulturellen Vielfalt waren jedoch schon immer eine Frage, die man aus verschiedenen Blickwinkeln ergründen konnte, aber möglicherweise nicht das vollständige kulturelle Bild ist. Indiens Frage, nicht als eine einzige Nation betrachtet zu werden, ist jetzt gut entlarvt, dass es sich natürlich um eine koloniale Erfindung gehandelt hat. Das Element einer gut oder schlecht definierten Grenze nach der Teilung, eine von *Rabindranath Tagore* komponierte Nationalhymne, die ihren eigenen Anteil an Kontroversen hatte, weil sie für den Besuch von *König Georg V.* geschrieben wurde, [2]eine Behauptung, die nicht mit Sicherheit festgestellt werden kann, eine Nationalflagge, die ihr Design geändert hatte, bevor sie in der vorliegenden Form angenommen wurde. Die Idee von Indien wurde jedoch bereits von vielen abgedeckt, wie es war, was es war, aber vor allem, was es sein kann. Ja, die Idee einer postkolonialen Nation wird von Indien gesprochen, aber

---

[1] *Jawaharlal Nehru*, 1946, The Discovery of India, S. 37, Oxford.
[2] *Rühmt Indiens Nationalhymne die Briten?* - BBC News

wenn wir die Ursprünge Indiens verfolgen, geht alles bis zu den Zeiten von Gondwana auf dem Superkontinent, der den Subkontinent Indien hatte. Der Subkontinent mag heute von religiösen Unterschieden, kulturellen Unterschieden, sprachlicher Vielfalt sowie ethnischen Überlegungen geprägt sein, aber es gibt bestimmte Dinge, die den Subkontinent miteinander verbinden, nämlich die politische Laufleistung, die über einen Zeitraum von Jahrhunderten bis in die Gegenwart getrieben wurde und sich in Zukunft fortsetzen kann. Das Konzept, die verworrenen Ideologien des heutigen Subkontinents zu betrachten, kann bis zu den Wurzeln zurückverfolgt werden, von denen aus alles begann. Indien kümmerte sich um die Entwicklungsphase, bis der Homo Sapiens eintraf, nachdem sich einige Jahre durch die Stadien von Stein zu Eisen entwickelt hatten, was später zu Wissen und Zivilisation führte. Es ist eine gut dokumentierte Tatsache, dass die politische Gesellschaft ein Nebenprodukt der früheren Entwicklungen der Gesellschaft war. Die Debatte, ob das Industal älter ist als die dravidische Zivilisation oder nicht, kommt hin und wieder zurück[3]. Lassen Sie uns jedoch jetzt in die Quadranten der politischen Gesellschaft Indiens von heute springen und wie sie von der Vergangenheit geformt wurde, sich heute entwickelt, aber man weiß nie, was in Zukunft zu erwarten ist. Diese Idee ist, wo Indien in der modernen Form wichtige Verbindungen der Vergangenheit hat und diejenige in der Zukunft sein könnte. Das indische politische System hat sich heute zu einem System entwickelt, das vom Feudalismus und Kolonialismus übrig geblieben ist. Wenn wir uns die Ursprünge der indischen Politik ansehen, war es nie eine lineare Angelegenheit, wie es für viele andere Länder der Fall ist. Die Idee der indischen Politik stand seit Beginn des Industals und der dravidischen Zivilisation im Vordergrund. Jeder weiß, dass die Ursprünge des indischen politischen Denkens in der gesammelten Werkform Chanakya Kautilya und seinem als Artha shastra bekannten Werk zugeschrieben werden müssen. [4]Jedes politische System in jedem Land musste immer um die Gesellschaft herum aufgebaut werden, und die Gesellschaft baut die Politik auf. Die großen acht REICHE indischer

---

[3] *Ancestral Dravidian languages in Indus Civilization: ultraconserved Dravidian tooth-word reveals deep linguistic ancestry and supports genetics | Humanities and Social Sciences Communications (nature.com)*

[4] *Projekt MUSE - Kautilyas Arthasastra über Krieg und Diplomatie im alten Indien (jhu.edu)*

Herkunft, wenn auch nicht mit strengen Begriffen, die mit den *Mauryas, Guptas, Cholas, dem Delhi-Sultanat, Marathas, Rajputs, dem Vijayanagar-Reich und den Mogulen* beginnen, wurden von den kolonialen Annäherungsversuchen der [5]**Engländer** geformt und weggefegt. Nun kann ich hier gestoppt und berichtigt werden, weil Rajputs und Delhis Sultanat kein kontinuierliches und vereintes Reich waren, sondern in geringerem oder größerem Maße Gemeinsamkeiten von Staatsstreichen hatten. Stille Attentate hatten sich als dynastische Reiche im weiteren Sinne mit einem feudalen System fortgesetzt. Der König oder der Kaiser an der Spitze der Macht, der feudale Vasallen hatte, um die Territorien zu überwachen, war das System, das nicht viel größere Veränderungen hatte, bis die westliche Form des politischen Systems nach Indien kam. Die Idee des europäischen politischen Denkens war das Sahnehäubchen in den letzten Stadien der politischen Entwicklung. Ich möchte jedoch keine Worte über Dinge verschwenden, die bereits bekannt sind. Die eigentliche Frage stellt sich, wie das indische politische System von heute zur Hybride der feudalistischen Demokratie geworden ist. Die Idee des Feudalismus wurde bereits erwähnt, die ein globales Phänomen war und als die größten Imperien oder Dynastien in Indien wirkten. *Jared Diamonds* wichtiges Buch "**Guns, Germs and Steel**" hebt die Bedeutung der industriellen Revolution des Westens und ihre immensen Auswirkungen auf die westliche Gesellschaft hervor, insbesondere die Beseitigung des Feudalsystems, obwohl die Monarchie bestehen blieb und sich ein neuer Sinn für Demokratie in der westlichen Welt zu entwickeln begann. Die Macht des Volkes hatte eine enge Bindung an die kapitalistische Gesellschaft, die zwar den elitären Industriellen zugute kam, aber auch die Massen für eine neue Welle von Unternehmertum und Geschäftssinn öffnete. Daher hat das oben erwähnte Buch definitiv die Bedeutung der Innovation von Wissenschaft und Technologie in großem Umfang in einem Quantensprung hervorgehoben, der auch die politischen Grundlagen der Gesellschaft betraf. Man kann diese Vorstellung von der ganzen weiten Welt eines Paradigmenwechsels nie übersehen, der den traditionellen Rat der ausgewählten und nicht gewählten Minister oder das hierarchische Modell des Feudalismus, das den Todesstoß erlitt,

---

[5] *Indiens fünf größte Imperien aller Zeiten* | *Das nationale Interesse*

weggeblasen hat. In Indien gab es jedoch eine Mischung aus so vielen verschiedenen Systemen, dass man nicht einfach anfangen kann, das indigene und das westliche System in saubere, enge Kisten abzugrenzen. Sie sind vielmehr die Verschmelzung des Zwei-Denkens-Prozesses wie Flusswasser, das trotz Verschmelzung immer noch unterschiedliche Farben hat, um seine eigene Identität zu bewahren. Indien glaubte an seine uralte Zivilisation, die im Norden und Süden Indiens sowie sogar im Osten und Westen Indiens entstand und sich entwickelte, was diese Nation zu dem machte, was sie heute ist. Es hat geblutet und wurde verwundet, aber vielleicht hat die wundervolle Qualität dieser Nation nie nachgelassen, die diese verwundbare Nation am Leben erhalten hat und ihren Platz markiert.

Ein Zusammenfluss zweier Ideen verschmolz mit zwei verschiedenen Farben.

Es ist gut dokumentiert, dass das indische politische System vom kolonialen und feudalen System übrig geblieben ist. Die jüngsten Änderungen im indischen Strafgesetzbuch, die angeblich aus dem irischen System übernommen wurden, wurden nach mehr als 150 Jahren geändert. Die Änderung ist jedoch kosmetischer Natur, da die Abschnitte nur aus dem vorherigen Abschnitt in andere Abschnitte in der neuen Anordnung übertragen wurden. Selbst das Polizeisystem, das in der vorliegenden Form vorliegt, erinnert stark an die koloniale und feudale Systemhybride, die in einem größeren Kontext immer noch die kastenbasierte Hierarchie bedient. Zurück zum politischen System: Die größte Demokratie der Welt, Indien, leidet immer noch unter der Frage der Repräsentation und wie der Abstimmungsmechanismus funktioniert, wo unsere Demokratie möglicherweise beginnt und endet. Lassen Sie mich nun auf die Frage der Medien zurückkommen, die wie viele andere Nationen auch in Indien die Kritik des politischen Systems und ein Spiegel der Gesellschaft sein sollen und ins Stocken geraten sind. Die Frage der Politik ähnelt also eher dem Selbstverwaltungsstil der Zamindars in der Neuzeit, in der Wahlurnen zur neuen Norm des Einflusses geworden sind. Das Wahlsystem in den ländlichen Gebieten scheint immer noch auf der Grundlage der Syndrome des mittleren Alters zu funktionieren, bei denen die Zamindars oder die sogenannten Feudalherren oder Könige durch das politische System ersetzt wurden, das auch im Bereich der Machtpolitik starke Männer und Frauen ernannt hat. Der Staat fungiert als Medium bzw. Enabler und kollaborierender Faktor für die aufzuerlegende Machtdynamik. Dies kann kritisiert werden, weil es reduktionistisch und verallgemeinert ist, aber wenn man es mit einer Prise Salz und sogar dem Vorurteils-Kontext nimmt, ist es wahr, dass die Demokratie Indiens in der wahrsten Form immer noch fehlt, wenn es um die Frage der Repräsentation geht. Das Wort repräsentative Demokratie ist wirklich das, was es in der größten

Demokratie der Welt, Indien, bleibt. Seit Beginn des Faschismus bis zum Aufstieg des Neofaschismus in der westlichen Welt gab es auch im Westen mehrere Kritikpunkte an der Demokratie. Zurück nach Indien, die eine Tradition der Demokratie auf orientalische Weise hatten, die auf Diskussion und Überlegung beruhte, obwohl sie sich rühmte, eine Hülle einer Demokratie in einem größeren Kontext zu[6] sein. Die Mittelschicht, die oft mit dem Namen Viehklasse bezeichnet wird, könnte sich also nicht viel um die Gesundheit der Demokratie kümmern, sondern nach dem Prinzip der *„Theorie der Unsichtbaren Hand"* arbeiten, die für sich selbst arbeitet und der Gesellschaft und der größeren Gemeinschaft mit Trickle-Down-Effekt zugute kommen kann. Die indische Politik von gestern war der Höhepunkt der Koordination der lokalen Verwaltung, die zumindest im weiteren Sinne vom König und seinem Ministerrat abhängig war. Auch in der Ära der Industal-Zivilisation war die Dynamik der Politik früher von einer Handvoll Ratsmitgliedern abhängig. Die Politik des Subkontinents, die sich in die heutige Form entwickelt hatte, hatte bestimmte gemeinsame Elemente in Bezug auf die Könige und den Ministerrat oder den Rat der Menschen, die trotz der religiösen Unterschiede entweder alt oder weise waren. Indien ist jetzt ein hybrides Modell der Feudal- und Kolonialpolitik, wie ich bereits erwähnt habe. Das Problem mit dieser Art von Modell wurde auch immer wieder dort gesehen, wo die Institutionen der Regierung wie Gericht, Polizei und sogar die Bürokratie, die alle koloniale Kater sind. Indiens Schritte in Richtung Demokratie erfolgen nicht durch einen Ruf des Glaubens, sondern durch einen allmählichen Prozess. Indien hatte Vorstellungen von Demokratie, die vielleicht nicht gut zu den Vorstellungen passen, wie die westfälische Demokratie heute in Europa ist[7]. Dennoch soll das Konzept der indischen Demokratie oder des politischen Systems die Ideen der Vielfalt reflektieren, die in Indien, wenn auch nicht so stark wie in Afrika, aber nicht weniger stark ausgeprägt ist. Hier ist die Demokratie Indiens wie ein Mosaik, das seinen Ursprung auf der Reise der Nation hat, die Jahrtausende des Wandels und der Evolution durchgemacht hat. Indien hatte im Laufe

---

[6] *The Wire: The Wire News India, Aktuelle Nachrichten, Nachrichten aus Indien, Politik, Außenpolitik, Wissenschaft, Wirtschaft, Gender und Kultur*
[7] *Westfälisch (ecpr.eu)*

der Zeit die Schritte unternommen, die mit Kulturen, Blut und Konflikten vermischt wurden, und doch steht Indien heute eher wie ein Höhepunkt verschiedener Kulturen, der kaleidoskopisch oder mosaikartig ist. Es gibt kein bestimmtes Muster oder eine bestimmte Farbe, die als dominant bezeichnet werden könnte, aber die Mischung aus den Designs und den Farben verschiedener Muster repräsentiert Indien in der vorliegenden Form. Der demokratische Prozess, der in Bezug auf die frühe *vedische Zeit* oder die *Indus-Zivilisation* existierte, war der Ort, an dem die Dorfbewohner als Stakeholder gesagt hatten[8]. In späteren Stadien in verschiedenen Königreichen hatte Indien jedoch einen Sinn für Hierarchie entwickelt. Diese Hierarchie ist das, was mit dem Kastensystem und dem kolonialen Erbe, das ich immer wieder betont habe, kompliziert wurde. Insgesamt basiert die Idee der politischen Dynamik also auf der dynastischen Politik, die eine stärkere Antithese in der regionalen oder einer panindischen religiösen Identitätspolitik hat, die beide in Indien zu sehen sind. Die Idee der Regionalpolitik hat starke Verbindungen zur Vergangenheit der Demokratie, die Indien zu einem Land gemacht hat, in dem die Identitäten zusammenlaufen, aber die einheitliche natürliche Identität beibehalten wird. Dann kommt die nächste Ebene für die nationale Identität der religionspolitischen Politik, die in den letzten zwei Jahrzehnten unter dem Namen ***Bhartiya Janata Party (BJP), der mitgliederstärksten Partei*** der Welt, die mehr ist als die ***KPCh (Kommunistische Partei Chinas), an Fahrt gewonnen hatte.*** Indiens politische Identität in der Gegenwart ist etwas, das sich dynamisch verändert und sich vollständig vom Weg der gandhischen Ideale zu den Ideen von Tilak verändert. Die Idee der Demokratie in Indien ist auf den drei Ebenen, die indirekt, teilweise direkt-indirekt und direkt ist. Bei der Wahl des Präsidenten von Indien gibt es einen völlig indirekten Weg, da die Verfassung es dem Präsidenten nicht erlaubt, mehr als das nominelle Staatsoberhaupt zu sein. Auf der nächsten Ebene kommt der kniffligste und komplexeste Prozess, der auf dem Papier vielleicht einfach und unkompliziert ist, aber in der Nation Indien eine ganz andere Bedeutung annimmt. Indien möchte die Demokratie, die es stolz als "***größte Demokratie der Welt***"

---

[8] *Antike indische Demokratien* / *LES DEMOCRATIES ANCIENNES DE L'INDE auf JSTOR*

bezeichnet, schätzen und damit prahlen. Der jüngste Index für die Gesundheit der Demokratie reiht uns jedoch in die Kategorie Niger ein, was für eine Nation wie Indien, die sich aufgrund ihrer vermeintlichen demokratischen Prinzipien in den Westen begeben will und befreundet, sicherlich unangenehm ist. Während wir als Wahlautokratie bezeichnet werden, die mit der amtierenden Regierung, die einen eigenen Demokratieindex plant, sicherlich nicht gut gelaufen ist. Nun, Indien würde sicherlich keine "*Demokratie des Mobs, durch den Mob und für den Mob*" sein wollen, die eine echte Chance hat.

Von Jinnah nach Gandhi über Tilak, Golwalkar und Savarkar über die Hindu-Identität, Jan Sangh, RSS und Ram Rajya - Teil 1.

Die Frage der politischen Entwicklung in Indien ist, wie bereits erwähnt, durch die verschiedenen Phasen von Dynastien und Königreichen gegangen, die vor der endgültigen kolonialen Prägung über uns herrschten. Es gibt jedoch ein Kleingedrucktes dazu, das in Werken wie „Die Indianer" ausführlich diskutiert wurde, das die Spuren der Herkunft Indiens als Nation von heute abdeckt, die nicht nur in Schwarz-Weiß gemessen werden kann, sondern mehr als die Palette der Farben der Gedanken hat, die ergründet werden könnten. Es ist gut dokumentiert, dass die Idee der politischen Entwicklung in Indien von links nach rechts reicht, obwohl sie immer als sehr westliches Konzept bezeichnet wurde und nicht als in Indien betrachtet wird. Obwohl die Ursprünge der Ideologie des politischen Spektrums aus dem griechischen Parlament stammen, darf man die Nuancen des indischen politischen Denkens nicht vergessen. Die Ursprünge des indischen politischen Denkens sind seit langem unterschiedlich. Der vorherrschende Diskurs konzentrierte sich jedoch auf die auf Varna basierende politische Hierarchie, die im Allgemeinen mit dem sich entwickelnden bzw. aus der Zeit der Industalzivilisation stammenden brahmanischen System gleichgesetzt wird. [9]Das von mir erwähnte Buch hat jedoch auch erwähnt, dass genaue Zeitpläne für die Ursprünge des auf Varna basierenden politischen Systems nicht angegeben werden können. Wenn man jedoch einen Sprung in die Neuzeit macht, also in die Kolonialzeit und dann in die Gegenwart, gibt es auch eine Reihe von Überlegungen darüber, welche Art von Indien sie wollten. Die Idee des linken radikalen Humanismus, der linker orientiert war als selbst die kommunistische Agenda, wurde von **M.N. Roy** vorgebracht, der

---

[9] *https://www.britannica.com/topic/varna-Hinduism*

selbst an Orte wie Mexiko reiste, um mit anderen Linken zusammenzuarbeiten. In Bezug auf die zentristische Politik sind indische Ikonen dann etwas schwer zu finden. Wir sprechen nicht von den genauen Persönlichkeiten, aber die Kongressführer wie **Sardar Patel** und sogar **Jawahar Lal Nehru** könnten dort hineingesetzt werden, obwohl die ersteren näher an der Mitte rechts und die letzteren näher an der Mitte links liegen könnten. Im Fall von **Mahatma Gandhi** könnte man sagen, dass er der Zentrist im wahrsten Sinne des Wortes ist, wo seine Ideen von links und manchmal auch von rechts abhängen, aber nicht so, wie man es sich heute vorstellen würde. Das beschränkt die Identität eher auf den Stolz auf Religion, das kulturelle Ethos steht im Vordergrund. Ähnliche Vorstellungen konnten in Bezug auf die Art und Weise gesehen werden, wie Vivekananda auch die Idee der indischen Identität betonte. Politisch ist das kulturelle Ethos gerade im Kontext eines vielschichtigen Landes wie Indien wichtig. **Netaji Subhas Chandra Bose** hingegen ist das perfekte Aushängeschild eines modernen Zentristen, der Elemente im Denkprozess aus beiden Spektren hatte. Dann gab es auf der anderen Seite den Ursprung der vermeintlich indischen Identität, die auf dem anderen Spektrum der linken Politik lag, wo die Philosophie des Egalitarismus des indischen Weges durch die revolutionären Ideen der russischen Revolution ersetzt worden war. Der Weg des indischen politischen Denkens beschränkt sich heute auf das, was die *Rashtriya Swayam Sevak Sangha* in der Öffentlichkeit verbreiten soll. ***Der interessanteste Aspekt von Indien ist zu verstehen, was wir unter dem Konzept von Indien verstehen. Ist es derjenige, der nur durch Pass, Flagge, Nationalhymne und westlich definierte Grenzen gebunden ist?*** Dieser Teil ist sicherlich ein Geschenk der Kolonialherren oder vielmehr die Art und Weise, wie Indien in der heutigen Zeit gebildet wurde. Doch was ist mit der Idee des kulturellen Milieus und der Imperien, die die eigenen Grenzen überschritten hatten, die nicht an das westfälische Vertragssystem zur Schaffung des Nationalstaates gebunden waren? Das System von Indien war wie ein Einweichpapier mit dem Abdruck, der von ihren Überresten hinterlassen wurde, von denen einige gut oder schlecht sind, ähnlich wie der Rorschach-Test. Das Design, das geschaffen wurde, ist das, was Indien zum Ticken bringt, da es nichts Konkretes oder Sicheres daran gibt. Abgesehen von der Tatsache gibt es nur eine Sache, die Indien von heute zu einem Gefühl der gemeinsamen Vergangenheit macht, der Hektik der Gegenwart und des Traums für die Zukunft. Doch inmitten all dessen gab und gibt es heute das rechte politische Spektrum eines revisionistischen Indiens in Form von **R.S.S. (Rashtriya Swayam Sevak Sangha)**, das will, dass Indien in Form der Identität entworfen und geschaffen wird, in der es eine einzigartige einheitliche Wahrheit über das Land gibt. Indien ist wirklich das Wunderland, in dem keine feste Definition es nicht definieren kann, sondern aus der Vorstellung einer Rasse gesehen oder verstanden werden kann, die in viele Rassen und Tausende von Unterkasten mit einer komplexen Beziehung innerhalb gebrochen werden kann. Die Verlockung der Dachidentität, ein Hindu in der geschichteten Nation zu sein, treibt Indien jedoch nicht von heute an, sondern seit vielen Jahren an, was gerade im letzten Jahrzehnt in den Vordergrund rückt. Die Wurzeln Indiens waren immer Sanatana, wo nach dem Aufkommen der modernen menschlichen Zivilisation, seit der Homo Sapiens am Ende der Existenz der Neandertaler ankam, die Verehrung der Natur im Vordergrund stand. Die heidnischen Formen der Anbetung, die im heutigen Hinduismus vorherrschen, werden nicht als Heidentum diskutiert und hatten eine tatsächliche Verbindung zu den echten tiefen Bindungen mit der Natur, die Formen verliehen wurden und heute durch eine Mischung aus Geschichte und Folklore zu einem Symbol der politischen Identität geworden sind [10]. Es hat auch kastenbasierte Verbindungen, die marginalisiert sind, aber heute ein Teil der nationalen Identität in Form von Revisionsgeschichte geworden sind. Die Hauptidee ist, die Vergangenheit nicht zu vergessen, sondern die Ideen vergangener Zeiten beizubehalten. Das Problem mit dem politischen Spektrum Indiens heute ist, dass weder die Linke noch die Rechte Legitimität in Bezug auf das, was wir als indisch bezeichnen, beanspruchen können. Schlupflöcher gibt es und würde es auch weiterhin geben, die einzige Idee für eine indische politische Identität, die zu allen passt, ist, nicht extrem, sondern moderat zu sein. Dies kann an der Art und Weise gesehen werden, wie Buddha, Ashoka nach dem Krieg, Akbar und Gandhi ihre Standpunkte

---

[10] *'Religiöse Toleranz': Ist Hinduismus polytheistisch? Nein, argumentiert der Religionswissenschaftler Arvind Sharma (scroll.in)*

beibehalten hatten. Es stellt sich jedoch eine Frage, die gestellt werden muss, dass es auch falsch ist, nach bestimmten Fragen zu fragen, die einen bestimmten Schwerpunkt haben, der mit Beweisen korreliert werden kann. Die Nation war ein Höhepunkt so vieler Erfahrungen und so vielschichtiger Geschichte, dass es schwierig ist, Indien aus einem sehr einzigartigen Spektrum zu bestimmen. Kehren wir jedoch zur Frage der politischen Entwicklung Indiens zurück, die mit dem Aufkommen der kolonialen Prägung die größte Veränderung erfahren hat. Wie das Buch *„Indianer: Eine Geschichte der Zivilisation"* zeigt, begann die Geschichte Indiens weder mit dem kolonialen Advent, noch endete sie damit. Wenn wir heute von indischer politischer Geschichte sprechen, steht der Name Gandhi im Allgemeinen im Vordergrund, wobei sich **Ambedkar, Netaji, Sardar Patel, Tilak, Dadabhai Naoroji, Nehru, Indira Gandhi, Narsimha Rao, Manmohan Singh** und **Narendra Modi** drehen. Die Frage des indischen politischen Denkens kann als Elternteil gesehen werden, der seine Kinder und die Enkelkinder wachsen sieht. Die Elemente bleiben, aber die Mutation passiert weiter, bis die dominanten Gene übernehmen. In einem Szenario mit mehreren Realitäten ist Indien die Nation, die wie viele andere ältere zivilisationsbasierte Nationen auf ihrer Reise mehrere Realitäten hatte. Zurück zur Frage der alten politischen Führung Indiens von den alten vedischen Texten bis zu noch späteren Puranas oder Reformern wie Guru Nanak, Buddha, *Krishna (der historische) und sogar Ramayana und Mahabharata* haben Elemente des politischen Wissens, die nur an der Oberfläche gekratzt wurden. Die Philosophie des politischen Wissens in den früheren Jahren durch Chanakya Kautilya wurde als die des Machiavellismus geprägt, die auch heute noch Verwendung findet. Nicht zu vergessen, dass die indischen politischen Gedanken der Antike den Einsatz von Kampf, Tapferkeit und auch das Wegreißen bei Bedarf befürwortet haben. Es gab große Eroberer, die ihr eigenes Herrschaftssystem entwickelt hatten, von denen einige von außen kamen, andere aus der Region. Sie entwickelten und schufen ein System, das nicht perfekt war, und trotz der Schlupflöcher und Elemente der Anarchie gab es ein politisches System, das sich mit dem indischen Weg befasste. Indien im wahrsten Sinne des Wortes war nie vollständig besetzt, weder heute noch in den vergangenen Jahren. In der Tat wussten die europäischen Kolonisatoren, insbesondere die

Briten, wie sie das Gesamtbild in kleinere Komponenten aufteilen konnten, indem sie die lokalen, regionalen und nationalen aufteilten. Wie im Indianerbuch erwähnt, wusste der *britische Raj*, wie er das Lokale nutzen konnte, um die regionalen Kräfte davon abzuhalten, sich der größeren Sache zu widersetzen und Probleme zu verursachen, indem er die anderen regionalen Kräfte auf die nationale Ebene kämmte. Nun, da wir die Kräfte der vergangenen philosophischen Gedanken und die Führer erwähnt haben, lasst uns zu Gandhi zurückkehren, der angeblich als das Leuchtfeuer des modernen Massenführers im Kontext der südasiatischen Politik vor dem Ende der Kolonialisierung bekannt ist. Andere indische Führer, die erwähnt wurden, können Verbindungen zu Gandhi zugeschrieben werden, die vielleicht auf der gleichen Seite wie Zeitgenossen sind oder nicht, die ihre eigenen Kämpfe auf ihre eigene Weise für den nationalen Freiheitskampf führen.

Von Jinnah nach Gandhi über Tilak, Golwalkar und Savarkar über die Hindu-Identität, Jan Sangh, RSS und Ram Rajya - Teil 2.

Abgesehen davon, dass sein Gesicht auf der indischen Währung war und den inoffiziellen Titel Vater der Nation von Netaji erhielt, der leider nicht für seine stark bewaffneten Widerstandsbewegungsideen, auch bekannt als Mahatma, bekannt war, die Rabindra Nath Tagore ihn nannte, waren seine politischen Gedanken und seine philosophischen Haltungen eindeutig etwas, das der britische Raj inmitten seiner kognitiven Verwirrung für ihre Dominanz fortsetzen wollte. Gandhi ist seit 1915 ein Symbol für die indische Selbstverwaltung. Davor wurden die Ideen von **Lal-Bal-Pal**, die jeweils *Lala Lajpat Rai, Bal Gangadhar Tilak und Bipin Chandra Pal* oder die extremistischen indischen Führer waren, die sich von der vergangenen philosophischen Weisheit inspirieren ließen, später durch ein Gefühl einer anderen Form der politischen Ideologie von Satyagraha und Gewaltlosigkeit ausgelöscht, die tatsächlich bei *Nelson "Madiba" Mandela* in Südafrika Anklang fand, aber hier müssen wir die Geschichte der indischen politischen Zivilisation oder die der Welt neu wählen. Krieg bringt Frieden, Frieden bringt Schwäche und Krieg danach. Beispiel *Ashoka* wird als Leuchtfeuer des Friedens nach seinem gewaltsamen Kampf in **Kalinga *(Modern Day Odisha)*** gegeben. Es ist der Idee jener Menschen zu verdanken, die sich von der vergangenen Weisheit unseres indigenen Wissens inspirieren ließen, auch auf die Gefahr hin, die Dalit- und Stammesliteratur auszulassen, die ihre eigenen Helden und Folklore hatten und sich in Bezug auf verschiedene Arten von Ansätzen versucht haben, uns die Idee der Selbstverwaltung zu vermitteln, indem sie sie sich schnappten. Dank Schriftstellern wie *Vikram Sampath* und *Sanjeev Sanyal* in jüngster Zeit rückt alternative Geschichte, wenn man so sagen darf, in den Vordergrund. Die Helden, die ihre Ideen hatten, die sich nicht nur auf bewaffneten Widerstand und Gewalt beschränkten, sondern einige von ihnen Wege hatten, ein neues Wirtschaftssystem zu schaffen, treten in den Vordergrund. *Netaji Bose* ist ein Punkt für diejenigen, die immer wussten, welche Ideen sie von der europäischen Industrieizivilisation mitnehmen sollten. Andere wie **C.R. Das, Bagha Jatin**, einige der wenigen in der langen und unglaublichen Liste der Revolutionäre sind irgendwo hinter den Seiten und dem Zeitstaub des historischen Vergessens begraben worden. Zurück zum Ursprung der politischen Ideologie Gandhis, vertrat er eine Idee, die Elemente hatte, die Wirtschaft, soziales Erwachen, politischen Denkprozess hatten. Seine mehrfache Befürwortung eines politischen Ansatzes der Gewaltlosigkeit hatte jedoch was genau erreicht? Nun. Das Vermächtnis, das aus der hybriden Kolonialpolitik der Herrschaft über Haken und Ganoven entstanden war, half der Feudalpolitik. Das Land, das in seiner Form von der britischen Politik manipuliert wurde und Gandhi als Schutzschild benutzte, um den indischen Massenwiderstand einzudämmen, war ein Meisterstück gewesen. Der indische Nationalkongress war seit dem Aufkommen von **Annie Besant** und **Allan Octavian Hume** ein Sicherheitsventil, dem die BRITISCHEN Kolonisatoren mehr als gerne nachgaben. Die Idee der indischen Unabhängigkeit wird oft zurechtgewiesen, um verhandelt und nicht genommen zu werden, was die Wahrheit ist, ohne den leidenschaftlichen Kampf so vieler Freiheitskämpfer zu missachten. Die Verhandlungen, die letztendlich stattfanden, verliefen jedoch nicht nach Plan, da die Nation eine blutige Teilung hatte. Die Rolle von Gandhi als Schnuller für die beiden Gemeinden, gefangen in der Mitte der Linien, die von einem weißen Landvermesser, *Radcliffe*, gezogen wurden. Sein Leben endete schließlich mit dem Namen eines Mannes namens **Nathuram Godse**, der uns in ein anderes politisches Spektrum führt. Apropos Spektrum in einem Land, das einfach zu vielfältig ist, ist das Finden einer gemeinsamen Identität in Bezug auf die Rasse unmöglich, so dass das andere Konzept nur in Form von Religion kommen kann. Die Originale gegen die Eindringlinge und wir alle kennen diese Geschichte. Indien als Nation hat sich von Zeit zu Zeit in Bezug auf die politische Dominanz in der Regionalpolitik vielerorts gewandelt. Es gab jedoch einige Staaten und sogar im Zentrum, in denen die gesamte Dynamik der Politik zwischen zwei Parteien stattfand, die größtenteils so ähnlich waren wie in den USA und Großbritannien, die nicht als Unterschied zwischen links und rechts bezeichnet werden können, sondern eher als gemäßigt *(lesen Sie den indischen Nationalkongress seit ihrem Ansatz wie dem von British Raj)* bis hin zur selbstbewussten B.J.P **(Bharatiya Janata Party)**, die auf *Jan Sangh* zurückgeführt werden kann, der von **Shyama Prasad Mukherjee** geschaffen wurde. Er glaubte immer, dass Indien eine inhärente Schwäche hatte, nicht unter dem einzigen Stolz einer einheitlichen Identität vereint zu sein, die die europäischen Nationen schon lange gefunden hatten, und es war an der Zeit, das zu finden, was in Form des Hinduismus nicht als religiöse Identität, sondern als eine Lebensweise sein würde. Die Ideen von Savarkar bis Golwalkar waren immer von Italien bis Deutschland inspiriert worden und ihre Geschichte der Vereinigung, die den Weg des durchsetzungsfähigen Nationalismus definierte, der bei der Mehrheit Anklang finden konnte, anstatt der Vielzahl der kulturellen Vielfalt gerecht zu werden. Die Idee von Indien war schon immer aus dem Spektrum heraus bestritten worden, das von links nach rechts ging. Auf der einen Seite war der linke liberale Flügel und einige tarnten sich wahrscheinlich als etwas, das sie nicht sind. Dieses Kapitel bringt mich zur Frage *„Was, Warum, Wo und Wie definieren Sie Indien. Die erste Frage lautet: Was verstehen Sie unter der Idee von Indien für Menschen, die die Idee von Indien oder eher Bharat Varsha hatten, die in den letzten 5000 Jahren existierte?* Eine Idee, dass **Indien** oder **Bharat oder** Aaryavarta **oder** [11]Jambudwipa ein Wesen war, das auf seine Weise für etwa 5 Jahrtausende zusammen war. Es musste nicht der Idee des britischen Weges entsprechen oder der Ansicht sein, dass das Indien von heute so entstanden ist, wie es durch einige willkürliche Markierungen entstanden ist, die die Spur der Teilung hinterließen. Die Idee war immer, Indien in einer Weise zu definieren und zu verstehen, die nicht den westlichen Definitionen und Traditionen folgt. Hier kommt die Rolle des Hindu- oder *„**Sanatani**"* -Stolzes ins Spiel. Lassen Sie uns nun nicht die Idee der Unterschiede zwischen Hindu und Santani abschweifen, sondern Indien gegenüber Bharat und den Menschen, die im Kapiteltitel genannt wurden. Die Idee von Indien seit der Zeit von Tilak hatte die Idee eines Indiens gegoren, das nicht fragmentiert, sondern in der Idee des Hinduismus vereint war. Die Rolle der Kaste und der anderen Spaltung wurde nicht in Frage gestellt.

---

[11] *Aryavarta: Aryavarta - Tianzhu, Jambudweep: Erfahren Sie mehr über fünf weitere Namen Indiens | The Economic Times (indiatimes.com)*

Seitdem ist viel Wasser durch den Ganges geflossen und die Rolle des Hinduismus in Bezug auf seine Idee und seine Rolle bei der Präsentation Indiens. Die Vorstellung, Indien als Konstrukt der westlichen Form der Territorialisierung zu betrachten und es dann als Nation zu erhalten, war vom Führer wie **Tilak** und später von **Savarkar** und Golwalkar bis zur Bildung von **RSS (Rashtriya Swayam Sevak Sangha)** zusammen mit seiner politischen Einheit von *Jan Sangha*, der heutigen **Bharatiya Janata Party, nie gesehen worden**. Der Kampf um die Seele Indiens war vor und auch nach der Unabhängigkeit da gewesen. Lediglich das Muster und der Präsentationsstil haben sich verändert. Bei näherer Betrachtung entstand die Idee des hinduistischen Stolzes in Form der Vorstellung eines Indiens, das historische Grundlagen hatte, aus Maharashtra, das eine stolze Tradition hat, die Resilienz seit langem zu definieren. Lange bevor die Briten uns unterwerfen konnten, war *der* Maratha-Stolz eine Geschichte der langen Geschichte des Kampfes gegen Invasoren sowohl vor als auch nach der Unabhängigkeit, wie bereits erwähnt. Diese belastbare Haltung, die von einem starken Gefühl der Selbstidentifikation unterstützt wird, das für jede Bewegung, jedes Selbstwertgefühl und jeden Stolz sehr wichtig ist, kam in Form des einigenden Faktors des Hinduismus als archaischer Überbegriff. Heute mag die ganze Idee von Ram Mandir und Ram Rajya polarisieren, wo die Feinheiten des vermeintlich organischen Zusammenlebens von Hindus und Muslimen im Laufe der Jahrhunderte trotz der blutigen Geschichte normalisiert wurden, wo die Linke stehen will. Die Linie für die indische Politik mit ihrer Verwirrung und dem Chaos in Bezug auf die Identität liegt jedoch irgendwo in der Mitte. Das Konzept der indischen Politik aus einer großen Periode der Geschichte bis heute scheint um einige breite Konzepte des Feudalismus, des Kolonialsystems usw. herum entführt zu werden. Hin und wieder fallen auch einige Namen wie **Ashoka, Buddha, Chanakya** und natürlich **Gandhi** in der Kolonialzeit bis hin zu **Narendra Modi** in der Gegenwart. Nicht zu vergessen, dass auch andere politische Führer wie **Periyar, Sardar Patel, Netaji Bose, Nehru** und sogar **Jinnah** in den politischen Debatten erwähnt werden. Die Idee der indischen Politik und ihrer Entwicklung ist jedoch ein Kaleidoskop, bei dem einige Farben mehr dominieren. Die Farben, wenn man sie betrachtet, würden sich eher in der Art und Weise finden, wie sich die

Feudalherren jetzt in Form von Dynastiepolitik tarnen. Die Ursprünge dieser Art von Politik könnten jedoch auf eine lange Zeit der Geschichte während der Kolonisierung und nach der Kolonisierung zurückgeführt werden. Hier werden die Instanzen der Geschichte nicht einmal von den älteren Imperien aufgegriffen. Die Frage, wer die indische Politik definiert, wird aufgeworfen, aber was ist mit der nächsten Phase der indischen Politik, wenn sich etwas ändert. Es bleibt immer die Frage, wie indische Politik funktioniert, deren Antworten viele Bücher gegeben haben. Die obere Mitte und das hohe Nettoeinkommen stehen an der Spitze der Gesellschaft, der untere Teil ist das Stimmenbank mit der "*Freebie*"-Wirtschaft, aber was ist mit der eingeklemmten Mittelschicht, die im Sturm der Memes gefangen ist, während sie ihr Leben mit sich herumträgt? So hat sich die indische Politik abseits der dynastisch geprägten Wahlbankpolitik mit Macht- und Kastengleichungen verhalten. Indien durchläuft Transformationen und hat, aber die größte Veränderung besteht darin, die Kastengleichung und die Unterteilungen, in denen eine gemeinsame Identität gebildet wird, zu durchbrechen. Aus diesem Grund wurde dieser Abschnitt benannt, um diese Diskussion voranzutreiben, die auf der Idee aufbaute, dorthin zurückzukehren, wo sie seit der Zeit von Tilak begonnen hatte. Die Idee eines Indiens, in dem die Kraft einer einheitlichen Identität trotz ihrer Mängel und ihres reduktionistischen Ansatzes eine Rolle spielt. Stellen Sie sich ein Indien vor, in dem jede muslimische Identität als fremd angesehen wird, die sogar auf andere Glaubensrichtungen ausgedehnt werden kann, auch wenn sie ähnliche Wurzeln wie der Hinduismus hat. Gandhi, der mit seinem politischen Ansatz wie der Ausrichtung der Khilafat-Bewegung die Brücke zwischen Hindus und Muslimen war, hatte Mängel der Beschwichtigung. **Netaji**, der andere politische Denkweisen hatte, schuf das Werkzeug der richtigen multikulturellen und säkularen in einer wahren Bedeutung, wenn auch auf indische Weise, wann und wo er die indische Nationalarmee gründete. Die drei Militärgeneräle unterschiedlichen Glaubens und auch Frauen, die nicht an eine religiöse Identität gebunden sind, hatte Netaji erreicht. Ein Kampf, der sowohl militärisch als auch in der Vereinigung der verschiedenen religiösen Identitäten gegen einen Gegner in derselben Münze ausgetragen werden kann, um bewaffneten Widerstand gegen die Unterdrücker zu leisten. Der Einsatz der magischen Lösung zur richtigen Zeit des Zweiten Weltkriegs, als die Briten unter wirtschaftlichem Druck standen, führte dazu, dass sie eilig gingen. Was in der Folge geschah, kennen wir alle die Geschichte eines Nationalhelden, der in Vergessenheit geriet, während Nehru die Ministerpräsidentschaft erhielt und enttäuscht war, dass Gandhis Ansatz zur Beschwichtigung der *Muslimliga* und der Schaffung Pakistans, der sich für Gewaltlosigkeit einsetzte, durch einen Gewaltakt von **Nathuram Godse** starb. Ein Mann, der dennoch umstritten ist, aber er war überzeugt, dass der Umzug mit allem ihn seine Familie kostete, die durch den gandhischen Frieden gefördert wurde. Gandhi konnte die Teilung Indiens nicht aufhalten, aber kann man ihm allein die Schuld geben? Nehru, Jinnah und noch bevor der Cripps-Missionsplan von 1942 den Deal für die Teilung besiegelt hatte, um Jinnah umzukehren, ein anglophiler Muslim, um den Deal für den Subkontinent zu besiegeln.

Die Ökonomien der indischen Politik auf lokaler, regionaler und nationaler Ebene: Politico Economus

Indische Politik war schon immer eine Frage des Erstaunens, wenn nicht der Sorge, dass die Nation, die Elemente eines gut entwickelten politischen Systems früherer Zeiten hatte, aber dann durch feudale und koloniale Degradierung zerstört wurde, als größte Demokratie der Welt überlebt hat. Die schiere Anzahl der Menschen, die Vielfalt sowie das System, das mit den religiösen Bruchlinien übrig geblieben war, haben es immer noch nicht geschafft, Indien zu brechen, obwohl bekannt ist, dass die indische Politik und die Demokratie fehlerhaft sind. Zurück zur Themenüberschrift, es muss verstanden werden, dass wie viele sich entwickelnde oder postkoloniale Nationen die Idee der Politik in Korruption und die Kraft der Muskeln (Arbeitskräfte/Mafia-Effekt, politische Schläger), Geld und Identität verstrickt ist. Entwicklungsorientierte Politik hatte viel von dem verfehlt, was Indien war und immer noch eine ländliche oder landwirtschaftliche Wirtschaft von heute ist. Wie in vielen Nationen ist die städtische Mittelschicht immer noch der Teil der Bevölkerung, der in vielen Politikbereichen zurückgelassen wird, in denen die Idee der politischen Debatte und Überlegung diesen Brocken verfehlt. Obwohl das Sprichwort jetzt auf die wachsende indische Mittelschicht gerichtet ist, ist es ironischerweise die Mittelschicht, die seit den früheren Zeiten nicht wirklich das Ziel für spezifische politische Initiativen ist. Der Kongress neigte ohne großen politischen Aufwand zum unteren Teil hin zum mittleren Teil der Mittelschicht. Dies sind keine neuen Faktoren, die zuvor nicht diskutiert wurden, aber die Idee ist, hervorzuheben und zu verstehen, wie Demokratie in einer diversifizierten Nation mit bestimmten gemeinsamen Elementen einer gigantischen Bevölkerung von 1,5 Milliarden Menschen funktioniert. Die indische Politik hat sicherlich nicht das US-System des offenen Lobbyismus, aber zumindest ist es bekannt, dass wer die zentrale, regionale und lokale Politik kontrolliert. Die Rolle der Industriellen, der kapitalistischen Mächte kann nicht genug betont werden. Der Begriff der marginalisierten Stimmen ist jedoch leider als Politik auf lokaler Ebene marginalisiert geblieben, anstatt die Stimme der Menschen zu sein, die sich an eine hybride Form der postkolonialen Politik angepasst haben. Das Panchayat-System, die engste Form der direkten Demokratie in Indien, hat sich zu einer Form der indischen westlichen Demokratie entwickelt, die in vielerlei Hinsicht einzigartig für Indien ist. Die Nutzung des kolonialen Systems der berüchtigten Bürokraten Indiens, die eine der *härtesten Prüfungen der Welt ablegen, ist eine der zentralen Säulen der indischen Regierung, die möglicherweise eine Menge Kritik am System selbst und am Ausmaß der Korruption hat*. Dennoch kann nicht geleugnet werden, dass die Idee darin besteht, auf die Rolle der Ökonomie in der Politik zurückzublicken, die in jedem nationalen System eine wichtige Rolle spielt. *Armutspolitik* war seit der Unabhängigkeit ein Schlagwort in der indischen politischen Dynamik mit der zweifelhaften Unterscheidung, eine Nation zu sein, die immer noch viele arme Menschen hat. Es bleibt nun abzuwarten, dass es in der heutigen Zeit über diese Armutspolitik hinausgegangen ist. Die Antwort ist ja und nein. Die grundlegende Politik rund um die Armut ist geblieben, das einzige, was sich geändert hat, ist die Art und Weise, wie Armut angegangen wird. Indien ist wahrscheinlich die Nation, in der Reichtum und Wohlstand seit langem mit extremer Armut zusammenarbeiten. Die Vorstellung von hässlicher Armut mit extremem Reichtum war Teil unserer apathischen Einstellung in Bezug auf die Gesellschaft, in der das Konzept von Karma und Leiden als Trost angesehen wird. Es stimmt, dass viel politische Debatte um Armut stattgefunden hat und Armut auch in Bezug auf die multidimensionale Armut reduziert wurde. Auch kann argumentiert werden, dass Armut in absoluten Zahlen aus keiner Gesellschaft entfernt werden kann, da das Ungleichgewicht der Ressourcen etwas ist, das akzeptiert werden muss. Die Idee der Politik rund um die Armutsökonomie klingelt jedoch seit den Tagen von *Garibi Hatao (Armut beseitigen)* immer noch in Indien, nicht wahr? Das ist etwas, von dem man nicht sagen kann, dass es von der indischen Politik entfernt ist. Das Narrativ hat sich mit der Einführung einer neuen Sichtweise auf Armut geändert, bei der die Rolle von Selbststolz und unternehmerischer Denkweise gefördert wird, um die Herausforderungen und Probleme der Armut als Geisteszustand zu überwinden. Ein wiederkehrendes Thema, das in der Rede jedes politischen Führers auftaucht, sei es von links oder rechts. In Bezug auf das Budget, das als Instrument verwendet wird, kommt jedes Jahr eine Menge Politik, die darauf abzielt, diese demografische Entwicklung zu unterstützen. Inmitten all dieser Sitzungen über Politik rund um Armut, abgesehen von der Rhetorik und Politikgestaltung, bestand die eigentliche Idee jedoch darin, diese politische Identität zu schaffen. Armut steht immer noch im Mittelpunkt vieler politischer Debatten, aber der Paradigmenwechsel ist jetzt in den Hintergrund getreten, wenn es um Religion, Kastenidentität, Regionalismus geht, wo Armut, Arbeitslosigkeit und immer noch ein großer Teil der Jugendbevölkerung und Talente verschwendet werden. Die indische Politik hat sich zu einem cooleren, von sozialen Medien getriebenen und neuen Branding-Element entwickelt. Hinter all diesen wurde jedoch der Kernkult der Persönlichkeit in der indischen Politik auf eine neue Art und Weise neu erfunden. Indien ist ein abwechslungsreiches Puzzleteil, das seine eigenen Teile auf seine eigene Weise bewegt. Die föderale Struktur unserer Nation ist wirklich einzigartig, wo der regionale Fraktionalismus immer noch mit dem Konzept der Indianness durch den Verfassungskleber verbunden ist. Wenn wir durch die Nachrichten und unseren sich immer weiter ausdehnenden rechtlichen Rahmen gehen, gibt es Momente der Frustration, ähnlich wie unsere indische Politik, die voller Korruptionsnachrichten ist, und wir vermissen die helleren Flecken und die mutigen und ehrlichen Politiker. Manchmal wundert man sich über die zweifelhaften Aussagen der ehrenwerten Richter von hohen Gerichten, wie Haut-zu-Haut-Berührung kann nur für Vergewaltigung oder unnatürlichen ehelichen Sex in Betracht gezogen werden, ist in Ordnung und die Zustimmung der Frau ist unwichtig durch M.P. High Court, aber so wie einige Flecken auf der Oberfläche des Mondes nicht seine Leuchtkraft wegnehmen, gilt dies auch für unsere Justiz, die das Land auf Kurs hält und unsere schwankende Demokratie davor schützt, in völliges Chaos und Anarchie zu geraten, was bei so vielen Nationen in Asien und Afrika passiert ist. Unsere gegenwärtige Qualität der Demokratie kann und sollte in Frage gestellt werden, da sie ein Zeichen für eine gesunde Demokratie ist. Alles in allem hatte die Idee der indischen Politik, die sich aus der Hülle des kolonialen Systems entwickelt hatte, einen Großteil des älteren vorkolonialen politischen Systems weggespült. Die Frage ist, ob mit der Zeit unsere Politik und unser politisches System nicht die Masse für die Machtpolitik und Dynamik nutzen sollten, wo wir heute stehen, und die Zeit für uns ist, über gefälschte Videos hinauszugehen und eine Wahrheitspolitik zu veröffentlichen, die die gesamte Nation nervös macht.

Hörst du Indien oder Bharat?

Jana oder **Jati**, das Konzept der Menschen als Nation oder Kaste, das die Menschen über diese riesige Landfläche einschließlich des vorkolonialen indischen Subkontinents teilte [12]. Es ist gut dokumentiert, dass Jinnah nicht glaubte, dass der Name Indien angenommen werden würde, sondern von Nehru. Auf der anderen Seite wurde die Übernahme des Namens während der Verfassungsversammlungsgespräche viel diskutiert. Dort ist die Diskussion nicht fokussiert, sondern es ging nicht nur um den Namen, sondern um die neue Klasse der *braunen postkolonialen* **"Sahibs"** gegen den indigenen Stolz, der den politischen Klassenkampf hält. Die Welt der Politik in Indien bleibt, wenn man sie von einer Makroebene aus betrachtet, gleich. Es wird viel darüber diskutiert und diskutiert, ob es wirklich notwendig war, die Dynamik des Namens zu ändern, um den Namen Indien beizubehalten, oder ob ein anderer Name wie Bharat besser wäre. Ironischerweise geht die Debatte mit dem Namen Indien und Bharat jedoch auch heute noch in Bezug auf die politischen Haltungen weiter. Wie bereits erwähnt, besteht die Idee darin, in Bezug auf die Identitätspolitik zu spielen, die über die Kaste hinausgegangen ist, aber auf der einen Seite in die Religion übergegangen ist, während die andere die Idee des sogenannten Säkularismus hatte. Ob es nun tatsächlich Säkularismus war oder so sarkastisch wie "Sickularismus", was die Maskerade der indischen Politik der Inklusivität bedeutet, aber auch die feinen Linien des Kasteismus gekippt hat, ist eine breitere Version der hybriden Feudal-Post-Kolonialpolitik, die Indien betrieben hat. Wir werden später auf die Kluft zwischen der wirtschaftlichen und der sozialen Situation eingehen. Es muss jedoch verstanden werden, dass der Name Indien, obwohl er für die globale Perspektive übernommen wurde, auch wenn viele sagen, dass er vom Namen des Indus-Tals übernommen wurde, unterschiedliche politische Konnotationen hat. Sicherlich hat es ein anderes geopolitisches Szenario als auch den Namen **Indo-Pazifik** mit dem

---

[12] *ttps://global.oup.com/academic/product/history-of-precolonial-india 9780199491353?lang=en&cc=au*

Wort Indien und ähnlich für den Indischen Ozean der Name trägt das Gefühl der Legitimität dieser heutigen Nation Indien aus der kolonialen Erfahrung geschnitzt. Bharat und die Menschen, die von der Idee fasziniert sind, dass der Name zurückgebracht wird, haben Ideen von unserer zivilisatorischen Erzählung der Nation. Die Nation, die als verschiedene **Jatis (Ethnien)** existierte, aber im Gewissen als **Jana (Volk)** oder das Volk der riesigen Landmasse vereint war. *Die Gräben waren da, aber sie wurden während der Zeit der Invasionen kompliziert, obwohl es albern wäre, sie in breite Klammern zu setzen, die den Muslimen und dann den Europäern gehören, in einigen Teilen auch den Briten und Portugiesen. Ganz zu schweigen davon, dass auch die Franzosen interessiert waren, aber ihr Einfluss und ihre Bedeutung können in gewissem Maße als vernachlässigbar angesehen werden, ähnlich wie bei den Holländern, Dänen oder Spaniern.* Die Idee von Bharat in Bezug auf die Politik heute in Indien ist es, den alten Ruhm der Vergangenheit zurückzugewinnen, nicht den westlichen Denksystemen Bedeutung zu geben, sondern sich auf die eigene Vorstellung davon zu verlassen, was wir durch unser indigenes Wissen erreichen können, und dafür sind keine westlich orientierten Erzählungen erforderlich[13]. Religiöse Identität und Kaste spielen in dieser Politik eine spezifische Rolle, die gerechtfertigt werden kann, und es ist nicht etwas, wegzulaufen oder sich zu schämen, sondern umarmt zu werden. Jetzt kommt der wirtschaftliche Kontext, der uns etwas mehr zeigen würde. Ein politischer Prozess, der mit dem wirtschaftlichen Status jedes Einzelnen im Land verflochten ist. Die Rechtsstaatlichkeit oder das Recht der Herrschenden ist die Frage und die Antwort, die man fühlen kann, ist bereits bekannt, wenn es um ein Land wie Indien geht. Der Status der Politik war feudal und ist es auch heute noch. Wählen Sie einen beliebigen Staat aus und Sie werden Beispiele finden, in denen die Hierarchie funktioniert. Selbst wenn man die Hierarchiedynamik in einer Weise betrachtet, die nicht in der typischen brahmanischen Struktur liegt, in der die Marginalisierten heute in einem politischen Umfeld Indiens an die Macht gekommen sind, kann die gleiche Logik gelten. Nicht zu vergessen ist, dass die Politik Indiens von Religion und Kaste geprägt ist. Demokratie und die Menschen im Allgemeinen in Indien, nun, wir mögen die

---

[13] *Thematische Sitzung | Regierung von Indien, Bildungsministerium*

Viehklasse sein, in der individuelle Meinungen am ehesten von Massenhysterie des politischen Denkens dominiert werden. Dennoch ist es Indien gelungen, eine neue nationale politische Demokratie zu schaffen. Die Schwierigkeit, Struktur in Indien zu schaffen, ist seine Geschichte und Kultur, aber es ist zur größten Demokratie der Welt geworden. Dennoch waren umgangssprachliche Unterschiede zwischen Gandhi und Netaji offensichtlich, aber ihre gemeinsamen Bemühungen, Indien zu befreien, wurden zu einer Grundlage der Einheit in der Vielfalt. Indiens Reise als demokratischer Staat war dadurch gekennzeichnet, dass er seinen Weg durch verschiedene Hindernisse wie Größe, sprachliche und religiöse Heterogenität sowie sozioökonomische Unterschiede fand. Dieses Land hatte auch erfolgreiche reguläre Wahlen, bei denen die Macht friedlich von einer Partei an eine andere übergeben wurde, was die Stärke und Fähigkeit ihres politischen Systems unterstreicht. Doch auch mit diesen Mängeln ist die indische Demokratie nicht ganz perfekt. Zum Beispiel gab es Zeiten, in denen die Nation auf politische Instabilität, interreligiöse Konflikte oder regionale Riffs stieß. Ebenso wichtig ist, dass mit dem Aufstieg des hinduistischen Nationalismus und der säkularen Erosion; Bedenken haben sich hauptsächlich auf den Schutz von Minderheitenrechten und den Erhalt des Pluralismus in Indien konzentriert. Trotz zahlreicher Herausforderungen, mit denen dieses Land konfrontiert ist, hat Indien eine frische nationale politische Identität etabliert, die sich auf sein reiches kulturelles Erbe stützt, aber auch Prinzipien wie Demokratie, Säkularismus, soziale Gerechtigkeit und andere umfasst. Sie wurde 1950 in Kraft gesetzt und sieht die effektive Steuerung einer facettenreichen Gesellschaft durch Förderung und Verteidigung der darin verankerten Werte vor. Darüber hinaus haben indische Bürger eine wichtige Rolle bei der Gestaltung ihrer Demokratie gespielt, indem sie unermüdlich für ihre Rechte gekämpft haben. Dieses Land wäre nicht in der Lage gewesen, sich zu dem zu entwickeln, was es heute ist, ohne aktive Justizbehörden, die sich hier befinden, zusammen mit lebendigen Zivilgesellschaften, die sicherstellen, dass die Regierung gegenüber Menschen rechenschaftspflichtig ist, genau wie unabhängige Medienhäuser, die Nachrichten veröffentlichen, wenn sie wollen.

Indien gedenkt 75 Jahre, seit sie die Selbstverwaltung erlangt hat; diese knappe Zeit zeigt zweifelsfrei, dass das Experiment mit dieser Regierungsform erfolgreich war. Allen Widrigkeiten trotzend, bleibt die Existenz einer pluralistischen Gesellschaft bestehen, in der Indian seine vielfältige Natur beibehält und es gleichzeitig schafft, ein stabiles demokratisches Regime aufrechtzuerhalten und damit die Widerstandsfähigkeit und Anpassungsfähigkeit seiner Menschen und Institutionen zu beweisen. In Zukunft muss Indien weiter an seinen demokratischen Prinzipien arbeiten, die Menschenrechte der Bevölkerung schützen und die wirtschaftliche Gerechtigkeit fördern.

Es könnte anderen Staaten, die allumfassende, nachhaltige Demokratien mit komplizierten kulturellen Hintergründen aufbauen wollen, zeigen, wie dies erreicht werden kann. Wie Indien für morgen plant, muss es weiterhin dafür sorgen, dass die Demokratie für die eigenen Bürger in der Nation etabliert wird. Wenn es diese Säulen stärkt, könnte Indien ein nützliches Modell für andere Länder sein, die versuchen, demokratische Institutionen zu schaffen, die verschiedenen Kulturen gerecht werden können.

Indien als größte Demokratie der Welt war in seiner Geschichte voller Triumphe und Herausforderungen. Die Nation hat regelmäßige Wahlen, friedliche Machtübertragungen und eine lebendige Zivilgesellschaft gehabt. Es gibt jedoch immer noch Sorgen um den Schutz der Rechte von Minderheiten, die Schwächung des Säkularismus und die Erhöhung der wirtschaftlichen Gleichheit.

Um dies zu verwirklichen, muss Indien der Förderung und dem Schutz der Menschenrechte für alle, unabhängig von ihrer Rasse, Religion oder ihrem sozialen Status, Priorität einräumen. Dazu gehören auch der gleichberechtigte Zugang zur Justiz, die Rede- und Meinungsfreiheit sowie das Recht auf Widerspruch. Es wird dazu beitragen, die Widerstandsfähigkeit demokratischer Strukturen zu stärken und Toleranz und gegenseitigen Respekt in ganz Indien zu fördern, wenn dies aufrechterhalten wird.

Teil 2: Narrative schaffen und den gesellschaftlichen Maßstab setzen.

Ändern Sie die Art und Weise, wie die Geschichte erzählt wird; es spielt keine Rolle für wen oder wen?

In der Gesellschaft, wie sie sich mit der menschlichen Zivilisation entwickelt hat, ging es immer darum, Narrative zu schaffen. Die Idee des Wortes Propaganda, wie es in vielerlei Hinsicht bekannt ist, gibt es schon seit den römischen Tagen. Die Idee, eine Erzählung zu schaffen, stand auch bei der Schaffung der Identitätspolitik in Indien im Vordergrund. Das Buch mit dem Titel "Indien ohne Gandhi" ist aus dem Grund, wie die Idee der narrativen Politik existiert hatte. Die Idee der Kongresspartei in Indien selbst basierte auf der Schaffung einer Erzählung, in der den Indern mit Hilfe eines Iren die Plattform gegeben wurde, eine Agenda für das Sprechen im Namen festzulegen, was auch das Konzept bedeutet, eine Erzählung aus dem damaligen britischen Raj festzulegen. Die Idee, zu zeigen, wie wohlwollend ihre Herrschaft war und wie sie den Einheimischen oder uns die Stimme zum Sprechen gegeben haben. Doch schon vor dem Kongress gab es die Idee des narrativen Setting in den früheren indischen Königreichen bis in die Kolonialzeit und sogar nach der Unabhängigkeit. Kautilya, der häufig als Stratege zitiert wird, hat auch das Konzept des narrativen Setting erwähnt. Die Idee des narrativen Setting hat seit der Kolonisationszeit an Tempo gewonnen, da die Idee, den Platz eines anderen einzunehmen, immer auf Erzählungen basiert. Die Manipulation des Narrativs ist immer von größter Bedeutung für das Konzept der Vorherrschaft, und diese Idee setzt sich auch heute noch fort. Man muss sich jedoch daran erinnern und daran erinnern, dass das Setzen einer Erzählung bei der Schaffung der gesellschaftlichen Ordnung immer wichtig ist. Es ist nicht wichtig, für wen die Erzählung ist, aber sind sie vertreten oder nicht? Nun, das ist zu bemerken, da es wichtig ist, die Menschen zu beachten, die vertreten werden, wenn sie die Erzählung festlegen. Wenn nicht, worum geht es dann? Bei den Problemen der indischen Politik ging es wie bei vielen anderen Nationen darum, das Narrativ festzulegen und für wen es ist. Gandhi betrachtete die Ikone der Harijans oder der Unberührbaren während des britischen Raj, die für ihre Rechte kämpften, und der Versuch, die Barriere der Teilung und Herrschaft der Kolonisatoren zu durchbrechen, um ihnen einen separaten Sitz für die Vertretung zu geben, war ein Anfang gewesen. Doch je größer die Rolle in Bezug auf den narrativen Rahmen und den Kampf ist, desto mehr stellt sich immer die Frage, wo die Ausgegrenzten waren. Die Menschen, für die der Kampf stattfand und die ihre Stimme brauchten, um gehört zu werden. Eine ähnliche Geschichte gibt es im Kontext des heutigen Szenarios in Indien auch heute noch. Es baut sich eine neue Welt auf, in der die Idee der Politik zumindest in der Erzählung mehr online als offline ist. Indien ist keine Ausnahme von diesem Trend und möglicherweise hat sich dieser Trend seit 2014 geändert. Die Idee, eine Geschichte zu kreieren, ist immer und war wichtig mit der Konsequenz, dass sie auch in Zukunft wahrscheinlich gleich bleibt. Der wichtige Teil der Geschichte ist jedoch, was erzählt wird und wer die Geschichte kontrolliert, auch wenn die Menschen, die Teil der Geschichte sind, nicht Teil davon sind. Im Jahr 2014 war die Idee eines neuen Wiederauflebens in Bezug auf das Geschichtenerzählen besser positioniert, was für die Bhartiya Janata Party während der Kampagne 2004 nicht funktionierte. War es die Anti-Inkumbenz oder war es die Art und Weise, wie die Geschichte von einem leuchtenden Indien unter ***Lal Krishna Advani*** erzählt wurde, die kein gutes Zeichen war, aber der Vorschlag des *"acche din" (gute Tage)* verkaufte sich unter dem charismatischen **Narendra Modi**, dem gegenwärtigen Premierminister von Indien, viel besser, der seinen Hattrick vollenden würde, auch wenn das Kapitel geschrieben wird und seine ikonische Präsenz als Gujarat-Chefminister hatte. Das Wort ikonisch wurde hier erwähnt, weil unter seinem Bann, wenn nicht alle, zumindest ein bedeutender Teil von Gujarat in den industriellen Sprung verwandelt wurde und die Infrastruktur zusammen mit Investitionen vorantreibt, zumal das politische System dort mit vielen lahmen Entenchefministern gebrochen wurde, die einen Beeline nach dem anderen machten. Zurück zur Frage des narrativen Rahmens und des Geschichtenerzählens: Der Mann, der wie bereits erwähnt als **Mahatma Gandhi** bekannt war, beherrschte die Kunst des Geschichtenerzählens, die Geschichte, mit der sich die Menschen in Indien zumindest in großem Maßstab identifizieren konnten. Der Weg der kolonialen Mittel, die Kontrolle über die Kommunikation zu übernehmen und die Botschaft für sie geeignet zu machen, aber zum ersten Mal für die Indianer erzählt zu werden, war von Gandhi in einem Massenmaßstab aufgegriffen worden, wie es kein anderer Führer vor ihm tun konnte. Sein persönlicher Politikstil könnte, hätte und sollte wahrscheinlich nach eigenem Ermessen kritisiert werden, ohne seinen Beitrag zu schmälern. Die Frage ist jedoch nicht da, um sich zu konzentrieren, die Frage ist die Wirkung des Geschichtenerzählens.

Auswirkungen auf die Gesellschaft durch Kommunikation in den sich wandelnden Zeiten

Da Indien ein Bundesland ist, ist es immer eine Herausforderung, eine Kommunikation zu entwickeln, die regionen- und grenzübergreifend ist. Der Name Gandhi, wie wir ihn heute alle kennen, ist auf die Art und Weise zurückzuführen, wie er seine Ideen im ganzen Land kommunizieren konnte. Er hatte seinen gerechten Anteil an Kritik, aber seine Botschaft bezog sich auf seine Massenkampagnen, Hungerstreiks. Diese Idee war auch bei unserem derzeitigen Premierminister derselbe, der die meisten Menschen in Indien kennt und was uns das Gefühl von Identität gibt und uns als Inder zusammen fühlen lässt. Die Idee der Kommunikation aus der Zeit vor Gandhi während der Vorkolonialisierung war unzusammenhängend, außer zu bestimmten Zeiten mächtiger Königreiche oder Kaiser. Die Kommunikationstechnologie war nicht existent, aber Kommunikation hatte es schon immer gegeben. Indien wurde immer besser von Menschen verwaltet, die die Vielfalt akzeptiert haben, aber die Frage nach einer vereinheitlichenden Identität war immer der Verfolgungsfaktor für den gesamten Kommunikationsmasterplan, den jeder in Indien hatte[14]. Vor der Kolonisation hatten die Meisterplaner *Chanakya Kautirya und sein Schützling Chandragupta Maurya* Ideen, wie man verwalten und nicht kommunizieren sollte, wie wir heute vielleicht denken und wissen. Das Gupta-Imperium breitete sich aus und möglicherweise bestand die Art und Weise, wie sie kommunizierten, darin, ein Identitätsgefühl zu schaffen, das darauf bestand, das Kastensystem auf der Grundlage professioneller Fähigkeiten und Fachkenntnisse zu schaffen, anstatt die korrupte Form des Statischen zu sein. Im Süden hatte das **Chola-Königreich**

---

[14] *https://medium.com/@theunitedindian9/examples-of-unity-in-diversity-in-india-0edcd020a0d9#:~:text=India%2C%20with%20its%20rich%20variety,side%20by%20side%20in%20peace.*

seine kulturellen Werte schon lange vor der Imperialisierung verbreitet. Die Art und Weise, wie sie Tempel schufen, Wahrzeichen, die im Norden von *Chandraguptas Enkel Ashoka* in Form von Säulen geschaffen worden waren, hatten die gleichen Ideen, um ihre Anwesenheit bekannt zu machen. Der einzige Weg bei der Ausführung des Kommunikationsplans des Königreichs war der Weg der Annäherung. Die Menschen über die Anwesenheit zu informieren und die Akzeptanz der Identität zu schaffen, macht sie jedoch einheitlich. Die Idee von Identität und Kommunikation darüber, was die Identität aufbaut, nimmt also einen ganz anderen Mantel an, der nicht vergessen oder vernachlässigt werden kann. Daher ist dies der Weg nach vorne für das Kapitel in diesem Buch. Kommunikation war und ist ein wichtiger Bestandteil der Wirkung in der Gesellschaft. Die Kolonisatoren, seien es die Briten oder Portugiesen und in gewissem Maße auch Franzosen im kolonialen Indien, wollten und kontrollierten zunächst die Kommunikation. Die Idee des gesellschaftlichen Aufbaus durch die Kolonisatoren war, dass sie die Polizei, die Armee und die Kommunikation kontrollieren konnten. Ausbildung. Obwohl es einige unabhängige Bildungsinstitute gab, die sich auf das Traditionelle oder die Kombination von Traditionellem und Westlichem konzentrierten. Die Kommunikation zur Validierung, Rechtfertigung und Durchsetzung ihrer Herrschaft wurde jedoch eindeutig von der Art und Weise geleitet, wie sie die Kommunikation schufen und wie sie kontrolliert wurde, um die Millionen der Eingeborenen zu manipulieren. Die Idee von Indien für Inder kam, als der Beginn der modernen Kommunikation erreicht werden konnte, sei es Mahatma Gandhi oder Netajis Rede aus Europa und Japan, um den Kampf zu entfachen. Dies konnte in den Annalen der Geschichte auf der ganzen Welt gesehen werden. Selbst in Bezug auf die Art und Weise, wie die Selbstidentität der Inder gegenüber dem, was wir präsentieren wollten, präsentiert werden musste, war die Essenz des Freiheitskampfes wie bei anderen kolonialen Nationen in einem vorstellbaren Ausmaß. Heute wird über das Konzept der Religionspolitik in Bezug auf die Kommunikationsessenz in der indischen Politik gesprochen, dies ist jedoch nichts anderes als eine Wiederholung des Zyklus des indischen politischen Szenarios, das sich in den letzten hundert Jahren während der Kolonialzeit und vor Tausenden von Jahren auf die Religion stützte[15]. Um den verworrenen sozialen Kontext Indiens zu verstehen und zu verstehen, ist es einfacher, ihn in Fragmente der Vergangenheit und der Gegenwart zu zerlegen. So wie es war und wie es jetzt passiert, gibt es immer wieder einen Blick auf die Vergangenheit und die Gegenwart in Bezug auf die Bedeutung der Kommunikation, die nie überschätzt werden kann. In unserer Nation wurde versucht, die gleiche Kommunikation auch nach der Unabhängigkeit von vielen zu kontrollieren, wie man es in Notzeiten gesehen hat. Die Kontrolle der Medienerzählung, insbesondere mit dem Aufkommen sozialer Medien nach dem Beginn der Führung von Modi, ist unbestreitbar, da eine neue Ära eingeläutet wurde. Was jedoch die langfristige Implikation wäre, ist etwas, das nur in den Annalen der Geschichte zu finden ist, die es versucht haben. Das in Indien funktionierende System der Demokratie und die politischen Ideologien der Parteien in Indien sind sehr stark vom kolonialen System übrig geblieben, in dem es noch sehr wenige junge Führer, Technokraten oder soziale Aktivisten gibt, die in der nationalen Politik eine Rolle spielen. Die Dominanz der Medien hat ein neues Niveau für die Propaganda erreicht, die seit etwa einem Jahrzehnt stattfindet, und wenn wir jetzt nicht Stellung beziehen, wäre der Unterschied zwischen Indien und Bharat größer, der oberflächlich nicht geheilt werden kann.

---

[15] https://www.britannica.com/place/India/Government-and-politics

Inmitten von Hitler und Stalin: Jenseits von Trump und Putin für ein neues Indien

Die neue Erzählung von Indien hat eine neue Tangente erreicht, bei der die marginalisierten Nachrichten möglicherweise schwieriger zugänglich sind. Die Welt der diktatorischen Regime oder der Autokratie hat in der Geschichte gezeigt, dass Menschen in Massen von einer Handvoll dominiert werden könnten oder nur von einer *„Hand" (kein Wortspiel für den indischen Nationalkongress hier)*. In der Tat war die berühmte erhobene Hand des faschistischen Handgrußes zu sehen, aber wie ist das alles für Indien relevant? Das liegt daran, dass die Vorstellung von Indien die einer Demokratie ist, die von Natur aus feudal ist, immer noch für eine große nicht-städtische Bevölkerung, die ein städtischer Schriftsteller wie ich nicht weitgehend ergründen kann. Dennoch, wie tickt Indien? Wie der Titel dieses Unterkapitels ein paar Namen vorschlug. In *der Tat war Indien einst mit der Abschaffung der Demokratie durch die Notstandsbestimmungen der Verfassung konfrontiert, die der deutschen Verfassung entlehnt und von Hitlers faschistischem Regime verwendet wurden.* Indien war zwar anfangs eine brüchige Demokratie und stottert auch heute noch auf dem Weg, aber es hat die Demokratie zumindest auf dem Papier gefestigt, mit noch offenen Fragen. Am wichtigsten ist jedoch, dass abgesehen von dem Regime der späten **Indira Gandhi** und dem derzeit mehrheitlich unterstützten Wahlmandat, das durch das Volksmandat im Jahr 2024 wieder in einem Maße reduziert wurde, die Demokratie Indiens immer noch fehlerhaft ist. Indien war zu keinem Zeitpunkt vollständig unter den linken Kommunismus oder die rechtsextreme Politik gefallen, obwohl Staaten wie Bengalen, Kerala und Tripura ein langes Erbe kommunistischer Regierungen hatten, in denen es in Staaten wie Bengalen Kontroversen über ihre Herangehensweise an die Sozioökonomie gegeben hatte, aber die indische Demokratie hat immer noch überlebt. Die Frage ist, ob es lebendig und vor allem allumfassend ist. Trotz des roten Terrorkorridors in Regionen Indiens, der in gewissem Maße zurückgegangen ist und in gewissem Maße mit Bastar als Region des

Kernkommunismus zurückgedrängt wurde. Die Gewalt und ihr Kampf ähneln **dem *F.A.R.C. aus Kolumbien***, abgesehen von einem bestimmten staatlich geförderten Kommunismus in Staaten in Indien, insbesondere Westbengalen, von wo aus man sagen könnte, dass ich einen Hauch von Stalinismus in Bezug auf die Parteilinien des Kommunismus habe. Die Erstickung der Demokratie oder der in Aktion vermissten Menschen der Marginalisierten würde uns jedoch in die Frage einbeziehen, wer diese marginalisierten Menschen sind? Wenn es um die Frage der Nation Indien geht, *hat sich unser H.D.I.-Rang immer um den Bereich von 130-140 gedreht, wo Statistiken für uns mit einer Prise Salz genommen werden müssen.* Obwohl die eigentliche Sorge ist, dass die Demokratie wirklich aufrechterhalten und überleben kann, wenn ein großer Teil der Bevölkerung kämpft und leidet. Indien hat enorme Arbeit in Bezug auf die Armutsbekämpfung geleistet, die nach China ein Wunder war. Indien hat erstaunlich gut abgeschnitten, obwohl die Frage zurückkommt, wie die Demokratie in Indien bisher funktioniert oder funktioniert hat. Die Massen der Menschen während der Kolonialzeit standen unter der Vormundschaft eines nationalen Gesichts wie Gandhi, und heute sind wir, wenn auch nicht ein Gesicht, immer noch eine *massenbasierte (nicht die physikalische)* Demokratie. Die Leute, die die Zahlen ausgleichen, machen es für die größte Demokratie der Welt, aber wie sinnvoll es ist, wurde immer als Frage aufgeworfen. In einer Nation, in der der Kampf um die Grundlagen noch andauert, funktioniert die Demokratie immer noch auf der Grundlage der Überreste der Kolonialzeit. Indien war für die Kommentatoren immer verwirrend, dass dieses Land trotz so vieler Probleme und natürlich der Vielfalt funktioniert. Die ersten Schritte für Indiens Demokratie wurden wahrscheinlich während der Kolonialzeit mit Indiens erstem Massenführer, Gandhi, eingeleitet, der seine unauslöschlichen Spuren auf dem Weg hatte, wie sich die indische Demokratie entwickelt hat. Der Weg für die Demokratie in Indien wurde aus jener Mentalität herausgearbeitet, die für die Ära eines Mannes festgelegt wurde, der eine Masse anführt (wie Demokratie interpretiert wird). Die Prinzipien der Gewaltfreiheit und des moralischen Ansatzes von Gandhi wurden bequemerweise übersehen. Insgesamt war die Frage der indischen Demokratie seit den Zeiten unseres ersten Schrittes die nach massenbasierter und massengeführter Demokratie, bei der das einfache Volk die Zahlen ausgleicht, und die Idee war, eine Demokratie zu schaffen, die auf Zahlen basiert. Es ist wahr, dass es so viele Dinge gibt, auf die Indien stolz sein kann, besonders wenn es um die Entwicklung einer Demokratie geht, wenn man dachte, dass Indien in einer bestimmten Zeit um Freiheit kämpfen würde und selbst wenn dies der Fall wäre, zusammenbrechen würde. Doch irgendwie und irgendwo hat der unbeugsame Geist Gandhis, trotz seines gewaltfreien Ansatzes gegen einen mächtigen Gegner nie aufzugeben, die Flamme der Demokratie auch heute noch in uns am Laufen gehalten. In Bezug auf das Element der direkten Demokratie wurde das beste System von Gandhi auf der Grundlage seiner Ideen entwickelt, den Dorfbewohnern eine Stimme zu geben. Eine Tradition der Vergangenheit, die sich mit der Notwendigkeit der Nation als Indien oder der Idee davon vermischte, kam zusammen mit der bitteren, aber möglicherweise notwendigen Pille der imperialen Kolonisierung in einer unzusammenhängenden Landmasse. Die Idee der direkten Demokratie, die massenhaft geführt wurde, aber auf einer viel stärker an den Interessengruppen orientierten Ebene, war die Idee von Gandhi für den Panchayat oder unsere eigene direkte Demokratie, wie es in den Kantonen der Schweiz offensichtlich ist. Indien ist das Land der mehr als 1,5 Milliarden Menschen und mit einer Vielfalt, die uns auf Platz $17^{rangiert}$, wo Indien, abgesehen von Papua-Neuguinea, von Asien am vielfältigsten ist[16]. Nehmen wir nun die Bevölkerung und die siebtgrößte Nation der Welt, die uns hilft, das Erbe der Demokratie der USA zu umgehen, der ursprüngliche Gangster in dieser Abteilung, wirklich der indische Tanz der Demokratie oder der Tanz des Chaos und Feudalismus unter dem Gewand der Demokratie verdient immer noch etwas Anerkennung. Es stimmt, dass es viele Fälle gibt, in denen man die Funktionsweise unserer Demokratie in Frage stellen kann und sollte, ist auch ein Privileg, das es wert ist, geschätzt zu werden. Der Kampf Gandhis und seine philosophischen und moralischen Standpunkte wurden zu viel diskutiert oder geschrieben, und das ist es, was diesen Sprung in dieses Bestreben für dieses Schriftstück antreibt. Was ist jedoch mit der Vorstellung von der Form der Herrschaft, von der andere geträumt haben? Es gibt im Allgemeinen ein Sprichwort oder ein Gefühl, dass

---

[16] *Die kulturell vielfältigsten Länder der Welt* | *Pew Research Center*

Netaji und Gandhi aus zwei verschiedenen Lagern stammten, was am weitesten von der Wahrheit entfernt ist. Sie stammten aus den gleichen Lagern mit sehr unterschiedlichen Herangehensweisen an ein Ziel. Ersterer glaubte an die Art und Weise, die Masse und die Macht der Masse in Bezug auf die *"passiv-aggressive Form des Widerstands"* zu führen, die eine Art moralische Überlegenheit über die Lathen hatte, die braune Hautpolizei ergaben, die ihre eigenen Brüder schlug, die von der weißen und manchmal braunen Sahib kommandiert wurden. Auf der anderen Seite schloss sich das Spielbuch von Netaji und seinen gleichgesinnten Genossen, insbesondere den Revolutionären, entweder der Kraft der Waffen an, die von den britischen Meistern in begrenzter und eingeschränkter Weise im Namen des Volkes, das wir waren, zur Verfügung gestellt wurden, oder aber...

Sei die Veränderung, fege das Alte und mache Platz für: Sind wir von unseren Träumen von denen abgewichen, die Blut für unsere Freiheit und Selbstbestimmung vergossen haben?

Die Idee von Indien, die heute existiert, war die Summe der Evolution, beginnend mit den einheimischen oder Stammesgruppen, die in ganz Indien verstreut existierten, eine urbanisierte Form der Zivilisation im Norden, Westen und Süden[17]. In der Erwägung, dass es Menschen gab, die in die Baktrien oder die zentralasiatische Region eingewandert oder aus ihnen ausgewandert sind. Dies soll nicht in die Debatte der Eingeborenen gegen die Invasionstheorie der Arier gegen Dravidier eingehen, da dies nicht der Bereich des Buches ist. Wenn es jedoch um die Frage der Invasion und Besiedlung geht, spielt sie eine sehr wichtige Rolle. Der Weg der indischen Geschichte, wenn man ihn von einem sehr reduktionistischen Weg oder einem vereinfachten Ansatz aus betrachtet, würde unter den hinduistischen Königreichen gesehen werden, sei es im Norden oder Süden bis mindestens 1100-1200 n. Chr. [18]Dann begann sich die islamische Invasion in ganz Indien auszubreiten, obwohl dies kritisiert werden kann, weil es Menschen islamischen Glaubens wie Moplahs in Kerala oder die arabischen Invasionen in Sindh abgesehen von Mahmud von Ghazni gab, abgesehen von der Niederlage der Mongolen, Türken und sogar Araber sowie Afghanen. Es gab also eine Mischung aus Erfolg und Niederlage gegen den Ansturm der zweiten Welle des sozio-religiösen kulturellen Einflusses[19]. Vom Sultanat von Delhi bis zum einst

---

[17] *Altes Indien - Enzyklopädie der Weltgeschichte*

[18] *http://www.geographia.com/india/india02.htm*

[19] *https://www.britannica.com/place/India/Society-and-culture*

mächtigen Mogulreich stand das politische Funktionieren Indiens im Mittelpunkt des feudalen Weges vom Mittelalter bis zum Beginn der Neuzeit. Zwar gibt es Gleichungen des bengalischen Sultanats, des Maratha-Reiches, des Nawab in Oudh oder Lucknow, des Tipu-Sultans in Mysore, abgesehen vom fast gutartigen Rajput-Königreich und den kleinen Fürstenstaaten, als europäische Serien der Ostindien-Kompanie an den indischen Ufern verankerten. Zuallererst waren es die Franzosen und die britische Ostindien-Kompanie, die begierig darauf waren, sich in dieses Puzzle der subkontinentalen Landmasse einzumischen. Die Zentralmacht oder die sogenannte aus Delhi unter dem Mogul-Sultanat befand sich auf der rückläufigen Bühne und am Rande ihrer letzten Etappen. Thew regionale Kräfte wie **Rajput, Tipu und Marathas,** wenn sie sich damals zusammengeschlossen hätten, um der **britischen oder französischen Ostindien-Kompanie** zu helfen, mit der Dosis des Nationalismus die regionalen Barrieren zu überwinden, hätten sicherlich ich und andere bedeutende Historiker davor eine andere Geschichte Indiens und der subkontinentalen Geschichte geschrieben. Indien hatte schon immer das Problem, organisch multikulturell zu sein, was uns Stärke gibt, aber auch die Quelle unserer vielschichtigen Geschichte und der Invasionswellen war, die unser Indien heute definieren. Die Identität Indiens war schon immer die Frage seit der Kolonialzeit oder den Zeiten davor und auch heute. Das Konzept der religiösen Identität, der Kastenpolitik, definiert Indien, weil die Idee von Indien nur durch die Überwindung der regionalen Barrieren oder der Sprachidentität sowie der Kastenpolitik entstand. Von den Vorfällen von Bhima Koregaon bis zum Subregionalismus, wie gerade erwähnt, ist die Idee, diese *"Fata Morgana-Nation"* in Form eines Puzzles zu schaffen, selbst ein Wunder, das als Indien bekannt ist. Wahre Werke von **V.S. Naipaul und A.L. Baisham** haben die Essenz und *Vielfalt Indiens eingefangen, die den Spiegel der Nuancen der gebrochenen Nation* darstellt, die **Winston Churchill** ablehnte. Es stimmt, dass Gandhi, obwohl er nicht der offizielle Vater der Nation war, die treibende Kraft gewesen war, um zumindest die Massen dieser vielfältigen Landmasse zu vereinen, die seit dem Untergang des Mogulreiches, das von den regionalen und religiösen Kräften in ganz Indien, insbesondere im Südwesten, von den Maratha-Kräften seit Aurangzeb heimgesucht worden war, unter Machtvakuum litt. Von Ashoka bis Akbar gibt es Fälle von nur wenigen praktischen oder eher dynamischen Kaisern, die wussten, dass der indische Extremismus nicht der richtige Weg war, obwohl ihre Reise mit Blutvergießen und Eroberungen begann. Die historischen Muster Indiens zumindest in der letzten Zeit haben eine neue Stimme bekommen, wo die Geschichte unserer siegreichen Vergangenheit begonnen hat, wo die Werke von *Herrn Sanjeev Sanyal und Herrn Vikram Sampath* ein neues Bild von Indien bringen. Die Idee eines nuancierten Indien wurde auch von Dr. Shashi Tharoor oder in Bezug auf die neue Dynamik einer Vision Außenpolitik unter der gegenwärtigen Regierung seit der Leitung von Late Sushma Swaraj bis zur Gegenwart von *Dr. Jaishankar* hervorgebracht. Die Narrative Indiens ändern sich also, aber es gibt eine Frage, die uns zum Gedanken an Indien bringen würde und wie Indien egalitär sein könnte.

Gandhische Ökonomie, ländliche Desi zu einem neu industrialisierten Land und Milliardär Raj

Das Indien, von dem *Mohandas Gandhi* geträumt hatte, basierte auf der Idee einer selbsttragenden Wirtschaft, in der die mittlere und die kleinere Industrie übernehmen konnten. Die Idee war, die größeren Unternehmen zu stoppen, die damals mit den größeren Konzernen zumeist aus dem imperialen Europa konditioniert waren. Es ist nicht so, dass die Idee, wenn man sie aus dieser Zeit betrachtet, völlig falsch gehalten werden könnte, aber die Idee eines sich selbst erhaltenden Indiens, das vollständig in Ketten der Fremdherrschaft gebunden war. Die Idee des heutigen selbstständigen Indiens, das als *"Atma Nirbhar" Bharat* vermarktet wird, mag aus dieser Idee entstanden sein. Heute hat Indien die fünfundsiebzig Jahre der politischen Unabhängigkeit überschritten, aber es stellt sich immer die Frage, ob wir frei sind? Dies mag sehr überheblich erscheinen und aus einer privilegierten Position kommen, da ich die Möglichkeit habe, die Regierung zu kritisieren und zu hinterfragen, und darum geht es bei der Freiheit. Die Idee von Indien während des Freiheitskampfes selbst hatte unterschiedliche Ansichten. Es gab die Gandhian School of Economics, die auf Eigenständigkeit und der Rückkehr zur ländlichen Wirtschaft beruhte. Dann gab es die Netaji Bose und Nehruvian Art, sich auf die Industrialisierung im sowjetischen Stil zu verlassen. Warum die Sowjets in erster Linie und nicht der imperiale Westen Russland oder Sowjetrussland nach der Revolution verursachen, wurde als Leuchtturm der unterdrückten oder marginalisierten Länder angesehen. Die Allianz, die Netaji mit Russland anfänglich während des Zweiten Weltkriegs oder Nehrus Umzug in das Gemeinschaftslager versuchte, obwohl er eine blockfreie Haltung beibehielt und nicht zuletzt Savarkar sich an Lenin wandte, waren nicht nur vereinzelte Vorfälle, sondern die Idee, eine egalitäre Wirtschaft zu schaffen, die ein Gegenmittel gegen die imperiale Schande sein könnte, von einer unternehmensähnlichen Struktur kontrolliert zu werden. Es ist eine Ironie, dass ein Unternehmen, das buchstäblich in den Handel kam und Gewürze **kaufte, den gesamten Subkontinent „kaufte".** Hier wurde die Idee eines neuen Indiens geschnitzt, aber hier, während wir dies schreiben, ist viel Wasser den Ganges hinuntergegangen, während wir heute von Milliardär Raj sprechen. Eine sardonische Herangehensweise an den britischen Raj, wo Menschen unserer eigenen Hautfarbe und unseres eigenen Landes den Reichtum inmitten wachsender Ungleichheit horten könnten. Die Berichte deuten darauf hin, dass Indien heute mehr Ungleichheit aufweist als in der Kolonialzeit. Was könnte ironischer und eine schmerzhafte Peinlichkeit für unsere Freiheitskämpfer sein, wenn sie am Leben sind, oder für die Seele für diejenigen, die nicht mehr bei uns sind. Die indische Wirtschaft ist heute nach oben geneigt, wo 1% der Menschen mehr als 65 Prozent des Reichtums halten, und das ist auch eine moderate Schätzung. Die Korporatisierung der indischen Wirtschaft hat sich zu einem vollständigen Kreis von europäischen Imperialisten bis zu den heutigen Zeiten indischer Unternehmen [20] entwickelt. Damals zahlte die Ostindien-Kompanie den indischen Fürsten Honorare und im Gegenzug wurden Steuern erhoben und Vermögen abgeführt. Heute ist es leider unter dem Gewand der indischen Demokratie und dem mehrparteilichen, mehrfarbigen politischen Flaggenspektrum nicht anders. Die Idee der indischen Ökonomie, die von Mohandas Gandhi vorgeschlagen wurde, lag auf der lokalen Stärkung. Die indische Wirtschaft hat auch heute noch in vielen Staaten zu kämpfen, aber die eigentliche Sorge ist, dass die Absprache zwischen den Unternehmen und dem politischen Team auch heute noch an die Skepsis von **Winston Churchill** erinnert. Er lehnte die ganze Idee von Indiens Streben nach Unabhängigkeit ab und hatte gescherzt, dass Indien, wenn es frei würde, von Schlägern und Plünderern verwaltet würde. Obwohl Wortspiel unbeabsichtigt war, war seine Einschätzung ironischerweise nicht weit vom Ziel entfernt. Obwohl eine andere Vorhersage, dass indische Führer Männer von Stroh waren und durch eine Wendung der Ereignisse im globalen Szenario nicht für die Regierung geeignet waren, hat der indische Premierminister heute einen indischen Ursprung. Die politische

---

[20] *https://www.bloomberg.com/opinion/articles/2024-03-25/india-election-billionaire-raj-is-backing-modi-and-leading-to-autocracy*

Dynamik Indiens seit der Unabhängigkeit unseres Landes wurde mit den Grundlagen von **Roti, Kapda aur Makaan (Nahrung, Kleidung und Wohnen)** geprägt, aber dazwischen wurden die Politiker reich, wenn nicht alle, aber die Mehrheit von ihnen. In der Erwägung, dass der Ruf der größten Demokratie der Welt, nämlich Indien, mit seinem universellen Wahlrecht für Erwachsene die Wähler zur Auswahl ihrer Vertreter berechtigt. Die Frage kommt jedoch auf die Macht der Ökonomie und die Art und Weise an, wie die wirkliche politische Maschinerie seit der Kolonialzeit kontrolliert wird. Die Machthaber mögen sich in Farbe und ethnischer Zugehörigkeit verändert haben, aber ist die wirkliche Veränderung angekommen? Das ist die Frage, die die Dynamik des "Raj-Syndroms" mit sich bringt, mit der Indien konfrontiert ist. Die Menschen in Indien, die unter dem Schatten für die wirkliche Veränderung arbeiten, die für viele Menschen wichtig ist, sind verloren oder unbesungen, nicht, dass sie nach Ruhm suchen. Dennoch wird der Begriff der indischen Politik von der Ökonomie der Armut oder den kapitalistischen Kumpanenstrukturen, besser bekannt als Oligarchen, angetrieben, die uns respektvoll antreiben. Die moderne Erfolgsgeschichte des Unternehmers in Indien würde später aufkommen. Ein Austauschschüler aus Polen fragte mich einmal in Kalkutta, was für eine Ironie gerade unter einem riesigen Gebäude die Obdachlosen schlafen. Es ist nicht so, dass Obdachlose im Westen nicht da sind, aber die schiere Zahl in unseren Städten und der hässliche Kontrast ist etwas, das in *Jolly llb wunderbar dargestellt wurde*. Sie sind die Menschen oder können die "Schädlinge" für viele sein, die von den beleuchteten Räumen der Stadt angezogen werden, um trostlosen und kargen Beschäftigungsmöglichkeiten in den ländlichen Gebieten zu entkommen, die marginalisiert werden oder unsichtbar sind. Die jüngste Nachricht, dass Adani die Sanierung von Slums übernommen hat, ist wie das Sprichwort, dass wir in einer Nation leben, die wie ein Unternehmen nach den Launen bestimmter Unternehmen arbeitet. *Milliardär Raj*, wie im Titel angegeben und da ein anderes Buch mit dem Namensvetter aufgetaucht war, scheint die Politik der Armut nicht bald zu verschwinden. Es ist an der Zeit, dass die indische Politik aufwacht, um Schritte zu unternehmen, die für die Menschen funktionieren und den Mantel der egalitären Entwicklung übernehmen wollen. Die Regierungsdaten zeigen, dass Armut und Arbeitslosigkeit zurückgegangen sind, aber die Daten zum Index für Ernährungssicherheit und Hunger zeigen uns, dass wir unter Bangladesch und Pakistan gesunken sind, und während wir von der drittgrößten Volkswirtschaft als Garantie sprechen, der Nation, die wir Inder gerne für viele trollen, ist Bangladesch in bestimmten Jahren im Pro-Kopf-Einkommen vor uns vorangekommen! Ein logischer Trugschluss kann aufgestellt werden, der auf ihre Bevölkerung und unsere schaut, was eine bequeme Ausrede ist, nicht zu vergessen, dass Bangladesch auch eine beträchtliche Bevölkerung hat, nichts im Vergleich zu unserer, aber wir benutzen es als Schild unseres Stolzes, der nicht etwa 800 Millionen Menschen stört, die kostenlose Ration für Covid erhalten, sondern darüber predigen. Schau, was für eine Leistung es ist?! Sykophantie und Rhetorik können nur so weit gehen, dass sogar der Amtsinhaber und die Gegner beide schuldig sind. Vergessen Sie die Wirtschaftspolitik von K- oder V-Diagrammen, Menschen überall brauchen die Grundlagen, und Indien ist nicht anders, wenn es über einen Zeitraum von mehr als 200 Jahren darum geht, den Kampf zu führen.

Die I.P.L. (Indian Political League) von Indien von Hey Ram bis Ram Rajya

Die indische Politik hat ein sehr berüchtigtes Sprichwort, das wie *"Aaya Widder, Gaya Widder"* weitergeht, das auf einer Person namens Ram basiert, die sich mehrmals oder genau viermal in Haryana in einer Nacht geändert hat. Zurück zu Churchill war er immer abweisend gegenüber dieser indischen Führung. Er glaubte, was ich kurz zuvor erwähnt hatte. Die indische Politik, die immer noch als chaotisch, vielfältig und eine bizarre Angelegenheit gilt, bei der Wahlen über einen Zeitraum von 44 Tagen in einem Land stattfinden!! Stellen Sie sich das vor!! Obwohl sich dies alles ändern kann, wenn die Zukunft das Mandat für eine Nation einbringt, findet eine Wahl in Indien statt, die die größte aller Nationen der Welt sein wird, um dies zu ermöglichen. Vor allem die indische Politik ist eine Politik, in der derselbe Mann die politische Partei wechselt, ohne sich um die Ideologie oder die Moral der betreffenden Demokratie zu kümmern. In den westlichen Demokratien wäre dies in Indien unvorstellbar, aber es ist eher wie ein Spieler aus der indischen Premier League im Cricket-Rausch Indien Sommerzirkus wie Karneval, der in Sport eingewickelt ist und seine Trikotfarben für die Partei wechselt, von der sie am meisten profitieren, wie das Franchise-Trikot. Die Vorhersage von Winston Churchill hätte nicht prophetischer und passender für die indische Demokratie sein können. Der Prozentsatz der Strafverfahren gegen die Mitglieder unseres Parlaments wird bereits in Singapur in Südostasien diskutiert. Obwohl es auch wahr ist, dass Indien und sein derzeitiger Führer mit einem überlebensgroßen Image auch bei den westlichen Nationen Anerkennung und Ruhm erlangt haben, die ein angeblich „demokratisches" Indien umwerben wollen, um der aggressiven Haltung einer autokratischen Gesellschaft wie China entgegenzuwirken. Die Gründung unseres Landes basierte selbst auf bestimmten Ereignissen, Führungspersönlichkeiten, die in Frage gestellt werden konnten, aber für den Spielraum, ihnen den Vorteil zu geben, die ersten Hüter der Gesellschaft zu sein, wurde der Rahmen für die indische Demokratie geschaffen, wie zerbrechlich oder wie problematisch sie auch sein mag. Die bloße Vorstellung, dass Indien eine Demokratie mit eigenen Irrtümern sein kann, wurde nie erwartet, in der Domäne der Psyche der weißen englischen Männer zu sein. Die **"Wogs"**, wie wir abgesehen von **"Pakis"** in Bezug auf die rassistischen Beleidigungen für die Menschen des Subkontinents genannt wurden, haben trotz ihrer schwächelnden Demokratie immer noch gekämpft, obwohl in den letzten Jahren Ansprüche auf Medienfreiheit und Qualität der Demokratie von den westlichen Think Tanks, Medienkanälen usw. in Frage gestellt wurden. Es ist eine andere Geschichte, dass heute das Land dieser Kolonialherren, insbesondere England und seine Hauptstadt, als Londonistan bezeichnet wird. *Das Bürgermeisteramt von Sadiq Khan in London mit angestammtem Ursprung in Pakistan und Rishi Sunak in der Downing Street 10 zu einer Zeit, in der die Wirtschaft Englands sinkt und die Verbrechen zunehmen, die den in Südafrika geborenen englischen Cricketspieler Kevin Pietersen dazu veranlassten, seine Armbanduhr aus Angst vor Überfällen fallen zu lassen, hätte Winston Churchill sicherlich dazu gebracht, sich im Grab umzudrehen.* Jetzt zurück nach Indien zu kommen, da die größte Demokratie der Welt immer noch feudal ist, wo die Machtdynamik immer noch in den Händen einiger weniger ist und immer noch die zugeschriebenen Identitätsfragen an Menschen, die zu Stämmen, Dalits und Namashudras oder Menschen der unteren Kaste gehören, immer noch eine Frage sind, die wir nicht finden konnten. Nehru, der erste Premierminister Indiens, war jemand, der trotz seiner Nähe zu Gandhi seine eigenen Wege hatte, ein Anglophiler zu sein, und sein Ansatz war elitär und mangels eines besseren Wortes anglisiert oder verwestlicht, ähnlich wie Md. Ali Jinnah, der ironischerweise der Pionier der Schaffung Pakistans war, der ein separates Land für die Muslime wollte, obwohl er vom Rauchen und Trinken abhängig war. Alles in allem war Religion seit der Vorkolonialzeit für die Identität der indischen Politik von zentraler Bedeutung, nur um von den europäischen oder britischen Kolonisatoren als dritte und letzte Kraft genutzt zu werden, um ihre Spuren oder unauslöschlichen Spuren zu hinterlassen. Die Herstellung des Ayodhya-Tempels oder die Schaffung von Ram Rajya oder vor allem Hey Ram als Zeichen der Begrüßung ist zu einem Zeichen einer politischen Identität geworden, die sich an dem vermeintlich rechten Spektrum der indischen Politik orientiert. Ironischerweise war es das gleiche Wort **Hey Ram**, das von Gandhi nach der Teilung des Landes durch einen ultrarechten Flügelspieler Nathuram Godse ausgesprochen wurde, wie ich bereits erwähnt hatte. Die Zeit ist viel über den indischen Subkontinent geflogen, und wir sollten nicht auf den Fehler hereinfallen, entweder auf die Spielerei des Sozialismus oder des falschen Nationalismus hereinzufallen. Beides zusammen hat noch gefährlichere Cocktaileffekte, wie das berüchtigte **NAZI-REGIME** zeigt, das dennoch die Dynamik der Weltgeschichte verändert hat. Netaji Bose, der einzige indische Freiheitskämpfer, der jemals Adolf Hitler die Hand gegeben hatte, hatte bemerkt: "Um mein Land frei zu machen, bin ich bereit, einen Deal mit dem Teufel zu machen". Gandhi und Subhas Chandra Bose waren zwei der prominentesten Freiheitskämpfer Indiens, deren scheinbare Botschaften an entgegengesetzten Polen zu sein schienen. Ein genauerer Blick zeigt jedoch, dass ihr Pragmatismus und ihre Prinzipien von einzigartigen Situationen geprägt waren, mit denen sie bei der Erlangung der Unabhängigkeit Indiens konfrontiert waren.

Teil 3: Das Puzzle und Rätsel Indiens, wo die Vergangenheit auf die Gegenwart trifft, in der Hoffnung auf eine bessere Zukunft.

Mythologie, Legenden und indisches gesellschaftspolitisches Dilemma

Indien ist zweifellos ein Land der Mythologie und Legenden, das uns im Sinne unserer kollektiven Identität und auch in unserem Kampf gegen Invasoren oder Kolonisatoren geholfen hat. Die Idee von Indien als Nation hat ein Szenario der zugeschriebenen Identität wie die meisten postkolonialen Nationen, die durch die Gesellschaft sickert. So wurde die gesamte Idee Indiens in Form von Geschichten, den Kastenteilungen, den Identitätsverzerrungen und dem kollektiven „Puzzle", das wir Indien nennen, oder den Stücken, die wir historisch für uns beanspruchen, die aber jetzt als andere Länder im territorialen Sinne gebildet wurden, die immer noch bestimmte Wurzeln aus Indien haben und versuchen, eine neue Identität zu finden, geschnitzt. Alles, was gesagt und getan wurde, war, ist und wird sehr wahrscheinlich in seiner Tradition der Legenden und Folklore fortgeführt, die dieser **"Fata Morgana- und Wundernation"** das Identitätsgefühl gibt, das sie immer verfolgt hatte. Die Schreie von **Jai Shree Ram** oder **Bajrangbali** sind nicht nur Schreie der religiösen Zugehörigkeit, sondern ein verzweifelter Schrei und Versuch einer vereinigenden Identität in der Gegenwart, ähnlich wie Vande Mataram oder Jai Hind während unseres kolonialen Kampfes oder möglicherweise **"Jai Ekling Ji ki Jai"** oder **"Har Har Mahadev"** von Rajputen und Marathas oder **"Allahu Akbar"**. Die Briten oder die Europäer, als sie ihren eigenen Kriegsruf „**Für den König oder für das Land**" über sich ergehen ließen und uns alle unterwarfen, war es für uns Kolonisierte oder so genannte Besiegte an der Zeit, uns von unserer Vergangenheit inspirieren zu lassen und die glorreiche indigene Identität zu schätzen, die von dem Arroganz- oder Überlegenheitskomplex, der imperialistische Mächte trägt, unverfälscht oder unberührt war. All dies führte uns zurück auf die Suche nach unseren glorreichen Helden, sei es männlich oder weiblich in Form von Legenden unserer religiösen Mythologie oder Folklore. Die Geschichte von Ma Kali, der wilden Göttin, zu der die Revolutionäre Indiens, die sich auf dem anderen Spektrum des gandhischen Weges des passiven Widerstands und des zivilen

Ungehorsams befanden, Zuflucht nahmen. Woran Mohandas Gandhi, der einstige Anzug, der die Engländer gegen die Zulu-Rebellion trug und begünstigte, abgesehen von ihrer Philosophie gedacht hätte, versteht sich von selbst. Ich dachte immer, wenn **Tipu Sultan, Rajputs und Marathas** alle, die unterschiedliche Kriegsschreie hatten und ihre eigenen Mythologien oder religiösen Verwandtschaften abgesehen von ihrer eigenen Folklore hatten, zusammenkamen, was wäre dann passiert? In einer kindlichen Fantasie hätten wir die Europäer und insbesondere die Engländer rausgeschmissen. Mit Hilfe von Franzosen hatte Tipu Sultan bereits seine ersten Unternehmungen in kleine Raketen und Artillerie unternommen, die für seinen Kampf gegen die Engländer eingesetzt wurden. Die Idee der westlichen Form der Nation, die in Dänemark, England, offensichtlich war, ist für Indien im Allgemeinen diskreditiert, da die westlichen Konzepte einer territorialisierten Nation in Indien unter **"Eine Flagge, eine Hymne und ein Herrscher"** nie offensichtlich waren. [21] Selbst das Jahr 1857, das eine Gabelung durch Historiker aus Indien und dem Westen darstellt, insbesondere die Briten, ganz zu schweigen von dem berühmten Historiker **Niall Fergusson** oder **William Dalrymple**, die eine Klasse für sich haben, reduzieren dieses Zeitereignis in der Regel in ein binäres. Die Binärsprache der indischen Erzählung als *„Erster Indischer Unabhängigkeitskrieg"* oder die westlich-britische Erzählung *„Sepoy/Soldatenmeuterei"*. Die Antwort liegt irgendwo dazwischen. Es ist wahr, dass es die Funken hatte, sich einer riesigen Fläche von Land anzuschließen, die über Geografien, Sprache und Kultur verteilt war, die sich in der Revolte gegen die Briten zusammenschlossen und ihnen anfangs eine eindringliche Antwort gaben. Ähnlich auf der anderen Seite der Weg für nationale Inbrunst, die erwartet wurde, von diesem Ereignis initiiert werden auch nicht in den meisten Teilen der Nation geschehen, wie gefordert oder erwartet. Das ist alles hypothetisch, und wenn es passiert wäre, hätte Indien in vielen Provinzen die Unabhängigkeit erlangt, ähnlich wie die lateinamerikanischen Nationen, oder es wäre eine Einigung erzielt worden. Es ist jedoch nicht so, dass das Ereignis von 1857 ohne Folgen war, die sowohl

---

[21] *https://www.newindianexpress.com/magazine/voices/2023/Sep/16/constitution-national-symbols-only-glue-that-bind-india-that-is-bharat-2614898.html*

langfristige als auch kurzfristige Auswirkungen hatten. Der kurzfristige Effekt war, dass Indien schließlich unter die britische Krone kam und als Britisch-Indien bekannt wurde, und der langfristige Effekt war die Art und Weise, wie sich die nationale Politik entwickelte. Wir begannen mit diesen Kriegsgesängen, wie bereits erwähnt, und nachdem wir den Weg des gandhianischen Weges des passiven Widerstands und des zivilen Ungehorsams unter seiner Massenführung seit Anfang des 20. Jahrhunderts, speziell im zweiten Jahrzehnt, zurückgelegt hatten, kommen wir noch einmal auf die Slogans zurück, obwohl auch Vande Mataram und Jai Hind dort waren.

Indien das Land, um Vini, Vidi, Vici zu beweisen?!: Jagd nach sportlichem und kulturellem Ruhm.

Während meines Austauschstudiums in Deutschland wurde ich oft verspottet, wenn auch nicht auf bösartige, sondern auf freundliche Art und Weise. Wo ist Indien in der Welt des Sports? Der Buchtitel handelt von Gandhis Weg und indischer Politik und Soziodynamik. Wo also taucht die Debatte über Sport auf? Die Antwort liegt darin zu sagen, dass es so ist. Wenn Sie die Geschichtsbücher auf der ganzen Welt aufgreifen, haben alle kolonisierten, marginalisierten oder unterworfenen Nationen durch den Sport Mittel gefunden, um immer ihre nationale Identität zu finden und stolz auf ihre Existenz gegen die Unterdrücker zu sein. Indien, das im Juni 2023 zur bevölkerungsreichsten Nation der Welt wurde, hatte [22] ungefähr sportlichen Ruhm, der zu weit und dazwischen liegt. Wie kam es zur Verbindung mit der indischen politischen Front? Der gandhische Weg der friedlichen Mittel politischer Gewalt sickerte zu den Massen durch und schuf eine Massenbewegung. Hat es jedoch eine Massenkultur geschaffen, in der die Menschen an einem Ort passiver und schwächer wurden, der sich nicht auf die körperliche, sondern auf die geistige Stärke konzentrierte? Letzteres hat seine eigene Bedeutung, und es kann als lächerlich angesehen werden, wie die gandhische Art die indische Leistung in der Welt des Sports rechtfertigt? Es muss daran erinnert werden, dass eine nationale Kultur eine sehr wichtige Rolle bei der Schaffung einer Psyche spielt. Stellen Sie sich vor, Sie nehmen es mit Australiern auf, die historisch gesehen auch eine Siedlerkolonie waren und eine andere Denkweise hatten. Das Spiel der Politik in Indien ist zur Politik der Spiele- oder Sportverbände in Indien geworden. Abgesehen von der Schaffung einer Massenkultur des Sports, die hätte sein können und gebraucht wurde, fehlte es an der Spitze der bewaffneten Revolutionäre. Der Einfluss der Sportkultur,

---

[22] https://www.bbc.com/news/world-asia-india-65322706#:~:text=India's%20population%20has%20reach%201%2C425%2C775%2C850,census%20-D%20was%20conducted%20in%202020.

die sich darauf konzentrieren musste, körperlich aggressiv zu sein und auch einen Sinn für Kampfgeist zu haben, dauerte Jahre, bis wir uns entwickelten, was wahrscheinlich im Jahr 1983 mit dem ersten kollektiven Erfolg der Cricket-Weltmeisterschaft geschah. Davor setzte sich unser Vermächtnis mit der indischen Eishockeymannschaft der Männer bis zu den Olympischen Spielen in Moskau in den 1980er Jahren und der ersten Medaille eines indischen K.D. Jadhav nach der Unabhängigkeit fort[23]. Wie bereits erwähnt, hätten wir jedoch etwas sein können, was wir nicht konnten. Aus dem Film **"Maidaan"**, der die Herausforderungen für die Entwicklung des größten Sports der Welt bringt, bei dem Indien auffällig vermisst wurde, werden die Probleme hervorgehoben, bei denen der indische Sport hinterherhinkt, einschließlich der erwähnten Sportpolitik.[24] In Wirklichkeit führte die Frage der Wrestling Federation of India, wo Ringer kamen, um gegen die sexuelle Belästigung von Brij Bhushan, dem damaligen Präsidenten, zu protestieren, nur dazu, dass sein Sohn ihn am Ruder ersetzte. Die Probleme im Zusammenhang mit anderen Sportverbänden Indiens, einschließlich der All India Football Federation, wo der ehrenwerte Oberste Gerichtshof Indiens bei der FIFA intervenieren musste, um Indien wegen staatlicher Einmischung vorübergehend zu verbieten. Der Khadi hatte seinen Weg in den indischen Sport gefunden, wo die Meritokratie in vielerlei Hinsicht immer wieder gegen die Vetternwirtschaft gefallen ist, die in Mumbai-Filmen vor allem neben anderen regionalen Kinobetrieben auf die Leinwand gebracht wurde. Apropos Kino, ich erinnere mich an die Aussage, die Satyajit Ray in seinem Interview *„Das indische Publikum ist rückständig"* erwähnt hatte. Es gibt ein Gefühl der Vereinfachung, wenn man das sagt, aber es versteht sich von selbst, dass die Idee immer noch wahr sein kann. Die Musikfilme aus Indien können immer noch mit etwas Verehrung oder mit einem Gefühl der Verachtung für viele über unsere Grenzen hinaus betrachtet werden. Es gab jedoch einen Grund dafür, unsere Geschichten für die Massen von Menschen, die offensichtlich keine Franzosen oder Deutsche sind, durch ihre Art, Filme zu schauen, voranzubringen., Die knallharten

---

[23] https://olympics.com/en/news/wrestling-first-indian-win-olympic-medal-1952-kd-jadhav
[24] https://www.thehindu.com/news/national/delhi-court-frames-charges-against-ex-wfi-chief-brij-bhushan-singh-in-sexual-harassment-case/article68199335.ece

Filme in Indien bekommen im Allgemeinen nie diese Art von Schirmherrschaft, weil es im Allgemeinen so scheint, dass wir uns von der Realität nicht deprimiert fühlen und der Film nur als Eskapismus angesehen wird. So haben die "Masala" -Filme aus Mumbai ein bisschen Gesang, Musik, Tanz, Drama, Gewalt, die auf eine verstreute Weise für die verschiedenen Bestrebungen der Gesellschaft und wie sie in Indien sind, gezeigt werden. Von **"Maachis" bis "Udaan" gab es ein paar Filme aus der Mumbai-Industrie,** abgesehen von den Edelsteinen, die aus Malayalam-, Marathi-, Bengali-, Tamil-, Gujarati- und Telugu-Filmen usw. stammen. Ein Oscar bedeutet nicht notwendigerweise einen Maßstab für einen indischen Film, sei es für einen Film mit indischer Herkunft oder für einen vollständig in Indien oder aus Indien gedrehten Film. Die Frage liegt darin, ob wir als Gesellschaft bereit sind, Filme zu machen, die Themen wie "Mein Bruder Onir" aufwerfen?

Ek Bharat, Shrestha Bharat: One Nation-One Election to Uniform Civil Code, wird das Konzept der „Vielfalt in der Einheit" Indiens vereinfacht?

Die Idee von Indien ist diejenige, bei der Vielfalt ein Grund zum Feiern, aber auch zu unseren Konflikten war. Das Konzept der Indianität oder das Konzept der Nationalität ist etwas, das in den kolonisierten Herrschaften schon immer eine Herausforderung darstellte. Vor allem in einem Land wie Indien oder vielleicht Nigeria und vielen anderen afrikanischen und einigen asiatischen Nationen wurde die Idee der Indianness kultiviert, aber es bedeutet auch nicht, dass sie nicht da war. Diese Elemente gab es, aber nicht in Form der territorialen Grenzen, einer Flagge, einer Hymne und eines einheitlichen Reisepasses. Wie bereits erwähnt, kamen diese Elemente auf eine neue und verwestlichte Weise, die nichts anderes als ein Geschenk für eine postkoloniale Nation waren. Jetzt, nach 75 Jahren Unabhängigkeit und einer Republik, war die Vorstellung, *"Bhartiya"* zu sein, die eigentliche Herausforderung. Der erste indische Massenführer, der die Massen in diesem Sinne wirklich bewegen konnte, könnte man als Gandhi bezeichnen, nach dem das Buch benannt ist. Es gab beliebte Führer in ganz Indien, aber derjenige, der die Menschen in ganz Indien wirklich bewegen konnte, war in den Regionen begrenzt. Dieses Vakuum, das immer da war, wurde zum ersten Mal von Gandhi übernommen, der seine eigene besondere Moral hatte, die die gewaltfreie Art des Strebens nach Selbstbestimmung einschränkte. Diese Art von Herangehensweise, die für das britische Imperium in Bezug auf den gewalt- oder angriffsorientierten Ansatz, den die Revolutionäre gewählt hatten, nicht bedrohlich war, eignete sich auch für ihn, um von den Medien und der Presse in Indien und im Ausland angetrieben zu werden, während die Revolutionäre als Terroristen bezeichnet oder in Randelemente verwandelt wurden. Das Buch von Sanjeev Sanyal hat bereits die Idee der Revolutionäre und ihre Art, für die Freiheit zu kämpfen, dargelegt, die eine Antithese zum gandhischen Weg darstellte. Ramachandra Guha hatte vor und nach Gandhi über Indien und seine Essenz in Bezug auf den Aufbau des nationalen Bewusstseins gesprochen, aber können wir uns ein Indien vorstellen, das ohne Gandhi war? Hier versucht das Buch, die Bedeutung Indiens zu finden, und das auch ohne Gandhi oder die Essenz von Gandhi, die ein Versuch ist.

Der indische Weg hatte nie wirklich existiert, so wie es ein nationales Bewusstsein gab, um für das geografische Stück Land zu kämpfen. Es war dort in Form des kulturellen Austauschs und des Reisens, das organisch da war, da es keine Barrieren als solche gab. Mit dem Beginn der aufgezeichneten Geschichte der menschlichen Zivilisation des Subkontinents hatten sich jedoch über einen Zeitraum von Tausenden von Jahren Unterschiede in Bezug auf die Zivilisation ergeben, die durch die Ankunft von Eindringlingen, Plünderern oder Außenseitern beschleunigt wurden. Diese Art von Geschichte kann in der Geschichte jeder Nation gefunden werden, die es mehr oder weniger in einem Ausmaß auf der ganzen Welt gibt. Nun wird die Frage der Vereinheitlichung Indiens in Recht, Sprache, Ernährungsgewohnheiten sowie nationalistischer Identität von der regierenden BJP (Bharatiya Janata Party) als Projekt aufgegriffen. Die Idee, ganz Indien als Masse zu mobilisieren, wurde von Gandhi ins Leben gerufen, der das erste Gefühl der nationalen Bewegung auf jeder Ebene war, das während der Nichtgehorsam-Bewegung von 1922 seinen Höhepunkt erreichte. Der letzte derartige Versuch war im Jahr 1857 gewesen, als zum ersten Mal unter der Kaiserzeit eine Bewegung des Volkes stattfand, wenn auch nicht in ganz Indien, so doch in bestimmten Gegenden, wo die Frage der zivilen Beteiligung in Frage gestellt werden konnte, aber in den Erwähnungen des Massakers von 1857 und der Nachwirkungen in der Region Delhi während dieser Zeit zu finden war. Nun ist die Frage der Vereinigung Indiens in Bezug auf die Schaffung einer einheitlichen Politik für die Nation nur die Schritte der gegenwärtigen Regierung, die ein neues Indien umgestalten will, in dem die föderale Struktur keine Schwäche mehr ist, sondern sich in Stärke verwandelt. Es bleibt jedoch immer die Frage, ob wir die Vielfalt Indiens vereinfachen können, indem wir nur den verfassungsrechtlichen Rahmen ändern. Die sich verändernden Zeiten für die sich verändernde Nation Indien werden von ihrer amtierenden politisch gewählten Regierung versucht, zurückzusetzen, aber wird es sicher oder chaotisch sein? Das ist eine Frage, die wir nicht kennen, da die Antwort in der Zukunft liegt, aber unsere Folie im Demokratieindex und die Antwort der Regierung, einen eigenen Index zu erstellen, sind bestimmte Signale, die zwischen den Zeilen gelesen werden müssen. Indien hatte vor der Kolonialisierung Elemente der Demokratie, und wir sollten auch mit der Zukunft vorsichtig sein, dass sie nie wieder verloren geht. Dieser Pragmatismus manifestierte sich in seiner Fähigkeit, seine Strategien mit dem sich ändernden politischen Klima zu ändern, während er sich immer noch strikt an seine Kernüberzeugungen über Gewaltlosigkeit und Selbstreinigung hielt. Im Gegensatz dazu glaubte Netaji Bose, ein militanter Nationalist, dass bewaffneter Kampf notwendig sei, um Indiens Freiheit zu erreichen. Das Ergebnis dieses Pragmatismus war offensichtlich, dass er Allianzen mit ausländischen Mächten wie Nazi-Deutschland und dem kaiserlichen Japan schloss, um ihre Unterstützung für seine Sache zu erhalten. Dies wird durch Boses berühmtes Zitat „Give me blood, and I will give you freedom" („Gebt mir Blut, und ich werde euch Freiheit geben") zusammengefasst, das seine Überzeugung demonstriert, dass bewaffneter Widerstand gegen die britische Herrschaft geleistet werden muss. Trotz dieser Unterschiede zwischen Gandhis Ansatz und Netajis Einstellung dazu strebten beide Männer jedoch nach dem gleichen Ziel; Emanzipation von der Kolonialherrschaft in Indien. Sie entwickelten ihre jeweiligen Ideologien durch Lebenserfahrung sowie Herausforderungen, denen sie im Prozess des Kampfes um Souveränität begegneten. Die Massen wurden hinter Gandhis gewaltfreier Haltung aufgeweckt, die weltweite Sympathie für die indische Sache gewann, während er praktisch genug blieb, um von einigen wichtigen Grundsätzen abzuweichen, wenn es um den Wandel der politischen Dynamik um ihn herum geht. Im Gegensatz dazu erkannte Bose, dass ein pazifistischer Ansatz nicht innerhalb der britischen Grenzen funktionieren konnte, insbesondere wenn ein sofortiges Ergebnis gewünscht wurde.

Letztendlich spielten jedoch sowohl Gandhi als auch Bose eine wichtige Rolle beim Aufbau der indischen Nation im Rahmen des Freiheitskampfes. Dies zeigt, wie unterschiedlich ihre Ideologien waren und wie pragmatisch sie beide im Umgang mit den Umständen der indischen Freiheit waren. Gandhi und Subhas Chandra Bose waren zwei der prominentesten Freiheitskämpfer Indiens, deren scheinbare Botschaften an entgegengesetzten Polen zu sein schienen. Ein genauerer Blick zeigt jedoch, dass ihr Pragmatismus und ihre Prinzipien von einzigartigen Situationen geprägt waren, mit denen sie bei der Erlangung der Unabhängigkeit Indiens konfrontiert waren. Gandhi hingegen, der für seine gewaltfreie zivile Ungehorsambewegung bekannt war, nahm den Weg des friedlichen Übergangs zur Selbstverwaltung. Seine Philosophie von Satyagraha, die auf Wahrheit und Gewaltlosigkeit basiert, berührte die Herzen der Menschen und gewann auch internationale Unterstützung für die indische Unabhängigkeitsbewegung. Dieser Pragmatismus manifestierte sich in seiner Fähigkeit, seine Strategien mit dem sich ändernden politischen Klima zu ändern, während er sich immer noch strikt an seine Kernüberzeugungen über Gewaltlosigkeit und Selbstreinigung hielt

Im Gegensatz dazu glaubte Netaji Bose, ein militanter Nationalist, dass bewaffneter Kampf notwendig sei, um Indiens Freiheit zu erreichen. Das Ergebnis dieses Pragmatismus war offensichtlich, dass er Allianzen mit ausländischen Mächten wie Nazi-Deutschland und dem kaiserlichen Japan schloss, um ihre Unterstützung für seine Sache zu erhalten. Dies wird durch Boses berühmtes Zitat „Give me blood, and I will give you freedom" („Gebt mir Blut, und ich werde euch Freiheit geben") zusammengefasst, das seine Überzeugung demonstriert, dass bewaffneter Widerstand gegen die britische Herrschaft geleistet werden muss. Trotz dieser Unterschiede zwischen Gandhis Ansatz und Netajis Einstellung dazu strebten beide Männer jedoch nach dem gleichen Ziel, der Emanzipation von der Kolonialherrschaft in Indien. Sie entwickelten ihre jeweiligen Ideologien durch Lebenserfahrung sowie Herausforderungen, denen sie im Prozess des Kampfes um Souveränität begegneten. Die Massen wurden hinter Gandhis gewaltfreier Haltung aufgeweckt, die weltweite Sympathie für die indische Sache hervorrief, während er praktisch genug blieb, um von einigen wichtigen Grundsätzen abzuweichen, wenn es um den Wandel der politischen Dynamik um ihn herum geht. Im Gegensatz dazu erkannte Bose, dass ein pazifistischer Ansatz nicht innerhalb der britischen Grenzen funktionieren konnte, insbesondere wenn ein sofortiges Ergebnis gewünscht wurde. Letztendlich spielten jedoch sowohl Gandhi als auch Bose eine wichtige Rolle beim Aufbau der indischen Nation im Rahmen des Freiheitskampfes. Dies zeigt, wie unterschiedlich ihre Ideologien waren und wie pragmatisch sie beide im Umgang mit den Umständen der indischen Freiheit waren.

Teil 4: Der Tanz der Demokratie?

Medien als vierte Säule oder als Zirkuspeitschenträger in einer scheinbar Känguru-Demokratie: Index für Lebensmittelsicherheit, Demokratie oder Medienfreiheit Warum rutschen wir ab?

Die Frage, eine Nation wie Indien in vielerlei Hinsicht zu vereinheitlichen, um einen einheitlichen Sinn für Nationalismus zu schaffen, spielt eine Rolle, bei der die Medien eine immense Rolle spielen. Offensichtlich war die Frage, die ich im vorherigen Kapitel gestellt hatte, wo ich sie beendet hatte, die Frage in dieses Kapitel zu ziehen. Die Einheitlichkeit Indiens war nie natürlich, und Vielfalt ist das, was uns ausmacht. Das Konzept der Nation war auch schwach, was empirisch schwierig zu beweisen oder sogar zu widerlegen sein mag, aber wenn wir die Geschichte Indiens oder sogar des Subkontinents sehen, kann es als ein Stück Land angesehen werden, das der Favorit der Plünderer war. Das unzusammenhängende Stück Land, auf dem immer wieder egoistische Interessen und Korruption ausgenutzt wurden, wurde von den europäischen Kolonialmächten, insbesondere dem britischen Raj, auf bestmögliche Weise manifestiert. Dieses riesige Stück Land zu erobern und direkt zu kontrollieren, war niemals von irgendeiner Macht möglich und wurde nicht auch von der imperialen Macht versucht, sondern die Idee war, ein Gefühl der Kontrolle zu vermitteln, während die Briten die Ressourcen und ihre Nutzung sowie unser so genanntes Mitspracherecht unter der britisch-indischen Flagge im globalen Kontext kontrollierten. Die postkoloniale Nation, die wir heute haben, funktioniert immer noch nach bestimmten Prinzipien, die aus diesem Kontext entlehnt wurden. Die Idee der britischen Administratoren wurde nun durch die Zentralregierung ersetzt und das Gefühl der begrenzten Autonomie wird nun durch die Landesregierung ersetzt. Diese Art von System der Zentralisierung-Dezentralisierung gab es auch in früheren Zeiten, aber all dieses historische Vorspiel soll die Idee vermitteln, wo und wie das Konzept der Schaffung von Einheitlichkeit für Nation und Verwaltung ein Projekt ist, das in Indien ein bisschen schwierig zu versuchen ist und damit nicht leicht zu umgehen ist. Die Idee, Indien im Massenkampf zu vereinen und dennoch einen deutlichen Kontrast unter dem Gewand der gewaltfreien Freiheitsbewegung am Leben zu erhalten, war ein einheitlicher Faktor in den Tagen der Unabhängigkeit. Die Art und Weise der Indianness ist etwas, das Indien oder viele andere koloniale Nationen in ihren jeweiligen Nationen zu einem großen Teil verändert haben, obwohl der Kontext davon abweichen könnte. Inmitten all dessen kommt nun die Gleichung der Medien. Die indischen Medien haben in letzter Zeit als "Lib* * **du" -Medien immense Glaubwürdigkeit verloren, wenn sie sich auf die linke Seite und gegen die gegenwärtige Regierung oder "Godi" -Medien lehnen[25], die dem Regierungsnarrativ näher stehen und oberflächlich betrachtet auf der rechten Seite des Spektrums stehen können. Jedenfalls mag das Konzept der Vielfalt Indiens immer in Bezug auf unseren Regionalismus hervorgehoben worden sein, der Vorrang vor den Angelegenheiten von nationalem Interesse hat, sei es in der Kolonialzeit oder in der postkolonialen Zeit. Inmitten all dessen war die Rolle der Medien jedoch auch unter dem britischen Raj für Indien von entscheidender Bedeutung. Die Vorstellung, dass die Medien gegenüber dem britischen Raj voreingenommen sind, konnte offensichtlich als von den Unterdrückern geleitet verstanden werden. Was ist jedoch mit der Post-Unabhängigkeits-Ära? Spielen die Medien eine ausreichend gute Rolle, vor allem, wenn unsere Demokratie fragwürdig ist und sich unheimlicherweise zu einem großen Teil bewahrheitet hat? Der Wechsel der politischen Farben, ähnlich wie bei Sporttrikots in einer feudalen Mehrparteiendemokratie wie der unseren, hat einen sehr wichtigen Einfluss, wenn es um die Rolle der Medien geht. Es ist auch wahr, dass Medienhäuser jetzt in die Herrschaft ihrer eigenen Voreingenommenheit fallen, sei es für die Regierung oder gegen die Regierung. Die Idee für unsere Medien ist es, die Fakten darzulegen und nicht voreingenommen zu sein, sei es aus westlicher Sicht, gegen die demokratischen Prinzipien von uns zu

---

[25] *https://www.rediff.com/news/column/aakar-patel-will-godi-media-change-in-modi-30/20240628.htm*

sein oder auch zu sehr in die revisionistische Geschichte Indiens verstrickt zu sein, die als unser Nationalstolz verkauft wird. Medien sind immer noch wichtig in einem Land, in dem die Rechenschaftspflicht unserer gewählten und ausgewählten Führer bei der Führung der Demokratie immer noch fragwürdig ist. In einer Nation, in der unser Freiheitsindex neben unserem Ranking der Ernährungssicherheit in Frage gestellt wird, ist es an der Zeit, dass sich die Medien nicht nur auf die Mängel der Regierung oder die Errungenschaften konzentrieren, sondern vielmehr versuchen herauszufinden, warum wir dort immer noch zurückbleiben. Die Medien spielten auch in den Tagen des Freiheitskampfes eine wichtige Rolle, als über Gandhi, Netaji und Millionen andere berichtet wurde. Die Probleme jener Zeit wurden gestellt, obwohl und die Frage der Moral dort gewesen war. In der heutigen Zeit sollte es jedoch die Rolle der Medien sein, herauszufinden, warum und wo Indien gefehlt hat, anstatt sensationellen oder investigativen Journalismus zu schaffen, der anders auffällt.

Nepotismus rockt etwas, Talent oder Meritokratie später, also wo kommt die Demokratie in Indien her?

Die Frage nach der Demokratie Indiens, die kritisiert werden kann und vor allem nach den westlichen Kommentatoren oder denen, die westliche Bildung hatten, war, ist ein kontinuierlicher Prozess. Die abweisende Natur von Churchill über das Recht des indischen Volkes auf Selbstbestimmung mag auf die Art und Weise zurückzuführen gewesen sein, wie unsere Geschichte gewesen war. Ähnlich wie Afrika hatte Indien wie viele Teile Asiens und sogar bestimmte Teile des vorzeitlichen Europas Schwierigkeiten, das nationale Bewusstsein zu prägen. Die Briten pflegten zu sagen: *"Die Sonne geht nie über dem britischen Empire unter"*, aber das tat sie sicherlich und heute wird sie ironischerweise von einem indischen Herkunftsmann angeführt, der, obwohl er nicht nach seiner Staatsbürgerschaft als Indianer bezeichnet werden kann, mit Sicherheit indische hinduistische Prinzipien nach seinen eigenen Worten gesehen oder natürlich aufgenommen hat. Die Geburt der indischen Demokratie erfolgte nach dem Kampf nicht nur gegen die Briten, sondern auch gegen das Feudalsystem der Jahrhunderte, das vom Sultanat Delhi und dem Mogulreich in den mittleren Jahren als zweite Welle der indischen Geschichte konsolidiert worden war, die mit den Hindu-Königreichen nach dem Industal und der dravidischen Zivilisation begonnen hatte. Obwohl dies in Bezug auf die Geschichte reduktionistisch klingen mag, ist dies kein historisches Stück, also lassen Sie uns nicht abschweifen. Die Frage, die in diesem Kapitel aufgeworfen wird, ist die Qualität und Gesundheit der indischen Demokratie. Auf dem Papier, obwohl wir als die größte Demokratie der Welt gelten, die als Wunder geboren wurde und für uns wertvoll ist, muss sie bewahrt werden. Indien, das aufgrund seiner religiösen und politischen Geschichte als Vaterfigur der Demokratie in Südasien gilt, hat mehrere Episoden religiöser Gewalt erlebt, die in der größten menschlichen Vertreibung der Welt in Form von Teilung und der Nation Pakistan endete. Es endet nicht damit, dass die Werte der indischen

Demokratie, obwohl sie herausgefordert und bedroht wurden, durch die Teile von 562 Fürstenstaaten entstanden, die als Puzzle zusammengenäht wurden[26]. Der Wert der indischen Demokratie besteht darin, dass sie trotz ihrer gelegentlich gewalttätigen Ader aufgrund der feudalen Überreste unserer Gesellschaft und der Korruption in der indischen Politik im Gegensatz zu vielen afrikanischen und bestimmten asiatischen Nationen immer noch nicht entwurzelt wurde. Die indische Demokratie soll wie viele andere Sektoren familienorientiert oder nepotistisch sein und wurde in letzter Zeit unter Narendra Modi auch als Autokratie gebrandmarkt, und zwar mit viel mehr Lärm, als es während des Indira-Gandhi-Regimes der Fall gewesen wäre. Die weichere und kritischere Kritik an der moderaten oder, sollte man sagen, schüchternen Herangehensweise der indischen Führung während Nehru oder sogar Gandhi, die kritisiert wurde, mag uns das nationale Temperament des Ertragens gegeben haben, anstatt vollständig in Blutvergießen und Bürgerkrieg getaucht zu sein, was viele westliche Theoretiker die Zukunft Indiens sein würden, das eine neue Nation war, die aus einer 5 Jahrtausende alten Zivilisationsgeschichte von Kultur, Kunst, Blutvergießen und Evolution geboren wurde. Die Frage nach Indiens Demokratie, die in der jüngsten Rangliste nach unten rutscht und Indien während der Kontroversen und der Kritik, eine Autokratie und Bananenrepublik zu sein, kann nur eine Erfindung der Gegenwart sein. Es darf nicht vergessen werden, dass der indische Subkontinent Elemente einer gut funktionierenden Demokratie und einer reichen Tradition der Verwaltung hatte, die vielleicht nicht den westlichen Standards entsprochen haben, aber Elemente oder Determinanten der Prinzipien hatten, die für eine gut geölte demokratische Gesellschaft erforderlich sind. Das Hauptproblem unserer Demokratie heute ist, dass wir immer noch an den Fragen der Kaste, des Feudalismus und natürlich der religiösen Identität festhalten. Dies sind Faktoren, die nicht sofort weggewaschen werden können, wie es in den letzten 75 Jahren nicht möglich war. Die indische Demokratie ist vielfältig und das Konzept des universellen Erwachsenen-Franchise, das kritisiert werden kann,

---

[26] *https://www.theweek.in/theweek/leisure/2023/07/29/john-zubrzycki-about-his-new-book-dethroned.html*

ist keine Quelle der Schwäche, sondern eher der Stärke. Wenn die Ausgegrenzten keine Stimme haben, dann ist es überhaupt keine Demokratie. Churchill, der die Demokratie besonders für die Kolonien ablehnte, sah, dass Indien die größte Demokratie der Welt geschaffen hatte, in der die Nation Indien jeden mitnimmt oder alteast versucht. Es gibt viele, die vielleicht durch das System versagt haben, aber es gibt auch viele mehr, die ihre Stimmen gehört haben. Dennoch ist es wahr, dass unsere Demokratie die Massen immer noch zu ihrem eigenen Vorteil oder als Schachfiguren im Machtspiel nutzt. Indien verändert sich und wird sich weiterentwickeln, da die nächste Generation von Indern Informationen und Medien ausgesetzt ist, die wahrheitsgemäß sein müssen.

Das Wunder, die Nation eines Puzzle-Landes zu führen

Indien, die Nation, die von vielen Kommentatoren und Experten aus dem Westen, einschließlich der kaiserlichen Herren, wie bereits erwähnt, abgelehnt wurde, ist ein Wunder. Eine Nation wie Indien, die wie ein Wunder geboren wurde, entstand aus dem hastigen und chaotischen Prozess, sich den Rätseln von 562 fürstlichen Staaten anzuschließen. Drei Problemzonen von Hyderabad, Junagadh und Kaschmir schlossen sich natürlich an, nachdem Drama und Blutvergießen nach der Teilung eines Kulturraums stattfanden, den wir Indien nannten, aber aus Britisch-Indien machten[27]. Die föderale Struktur unserer Nation, die aus den Provinzen hervorging und später in Staaten auf sprachlicher Basis umgewandelt wurde. Der Diversitätsfaktor Indiens wurde trotz gelegentlicher Verluste von Menschenleben, Eigentum, Extremismus und Unruhen betrachtet und verglichen. Es ist dort, wo wir Probleme in Punjab, Nordosten, Kaschmir hatten, und es mag in Zukunft dort sein, aber die Art und Weise, wie die Größe und Vielfalt dieses postkolonialen Konstrukts auf der Grundlage einer zivilisatorischen Existenz der Vielfalt verwaltet wurde, muss von vielen, einschließlich Skeptikern, zur Kenntnis genommen werden. Es gibt viele postkoloniale Nationen mit Ausnahme der o.g. „U.S.A.", die nicht an den demokratischen Prinzipien festhalten konnten, die sie in ihrem Kampf für politische Freiheit und Unabhängigkeit anstrebten. Indien ist jedoch stark und stolz, trotz der Kritik an unserer Demokratie, die bei vielen Gelegenheiten abrutscht. Warum? Der Wahlmechanismus in Indien ist trotz eigener Probleme immer noch eine geschätzte und wertvolle Übung, die das Konzept der Demokratie am Laufen hält, wo Indien die Welt in Ehrfurcht gehalten hat, die demokratische Vielfalt zu nutzen, die die höchste der Welt ist. Nicht zu vergessen die Reichweite des demokratischen Prozesses in Indien, obwohl er Lücken in der

---

[27] *https://scroll.in/article/884176/patel-wanted-hyderabad-for-india-not-kashmir-but-junagadh-was-the-wild-card-that-changed-the-game*

Reichweite hat, hat es auch geschafft oder versucht, die Ecken und Kanten des Landes zu erreichen. Indien hatte eine einzige Seele in der Art und Weise, wie die Erfahrung der Nation im Laufe von 5000 Jahren aufgezeichneter Geschichte war, [28]aber das Ziel des Schicksals der Kolonialzeit und sogar davor, seit die Ära des Sultanats Delhi begonnen hatte, sehr schwache Linien in der Nation zu schaffen, die zu groß und ausgeprägt geworden waren, als die Nation ihre endgültige Form der politischen Unabhängigkeit erhielt. Ohne die Macht von Sardar Patel, insbesondere während der Verhandlungsphase, als die Engländer nach dem Zweiten Weltkrieg eilig ausreisen wollten, hätte Indien etwa 5-6 Nationen hervorbringen können oder noch mehr, nachdem der Zerfall der Sowjetunion 15 Nationen hervorgebracht hatte[29]. Russland ist der legitime Nachfolger der Nachwirkungen der Auflösung der Sowjetunion und eine ähnliche Entwicklung geschah mit der blutigen Teilung des britischen Indiens in Pakistan und Bangladesch, nicht zu vergessen, dass es bestimmte Teile dieses Puzzles gab, die ihren Platz nicht gefunden hatten. Alles in allem sind dies bekannte Teile der Geschichte unserer Geschichte. Aber die Vielfalt und die Unterschiede eines Ortes wie Indien, die wie die verschiedenen Teile des Puzzles sind. Die Schaffung der demokratischen Prinzipien und die Art und Weise, wie das demokratische System geschaffen wurde, dreht sich im Allgemeinen um einige wenige Menschen. Inmitten all dieser Zeit nach dem Untergang von Sardar Patel hat die Aufnahme von Goa, Diu, Dadra und Nagar Haveli, Sikkim jedoch nicht weniger Bedeutung als Hyderabad, Junagadh und Kaschmir, wie bereits erwähnt. Der Aufstieg der Nation in Form des begrenzten Territoriums, der Flagge und der Hymne wurde bereits erwähnt, aber das Konzept dieser Art von Nation hatte sich auf westliche Weise auf der ganzen Welt verbreitet und wurde vor allem in den kolonisierten Teilen der Welt wie Asien, Afrika und Amerika geprägt. Das kostbare Konzept, das Wahlrecht zu erhalten und die Art und Weise der Verwaltung zu bestimmen, hat einen großen Einfluss auf die Art und Weise, wie die Welt im Nachkriegsszenario gestaltet wird. Indien, die Bildung der

---

[28] *https://www.nature.com/articles/550332a*
[29] *https://www.indiatoday.in/opinion-columns/story/narrative-uprooting-idea-of-india-disintegration-1917766-2022-02-25*

Stücke hat zur Schaffung der bevölkerungsreichsten Demokratie der Welt geführt, ist nur ein Schritt. Der Konflikt zwischen Zentrum und Staat in der föderalen Struktur Indiens, in der Probleme innerhalb eines Staates oder zwischen Staaten bestehen, hat uns jedoch als Nation am Leben erhalten, die von Churchill entlassen wurde. Das Puzzle hat sich immer wieder so angefühlt, als könnte es in die Teile zerbrechen und sich überall verstreuen, aber die unsichtbare Kraft der Sorgfalt und sanften oder manchmal durchsetzungsfähigen Vormundschaft wie die beiden Hände, die sich um ein fertiges Puzzle kümmern, das sorgfältig weggetragen werden soll, hat dies verhindert. Dies ist der Grund, warum Indien als Wundernation existiert.

1,4 Milliarden plus Menschen, hier kommt es auf die Größe an! Nun, Qualität nicht so sehr? Wie man das Rätsel von 3P+C (Armut, Umweltverschmutzung und Bevölkerung plus Korruption) für egalitäres Wachstum und Entwicklung entschlüsselt

In einer Nation von 1,4 Milliarden Menschen, die wächst, während wir sprechen, hat uns die Idee von 3P+C immer hart getroffen. Das Problem unserer wachsenden Armut in Bezug auf die Ungleichheit ist ein nagendes Thema, das wir zuerst in Betracht ziehen müssen. Um ehrlich zu sein, ist die Vorstellung, dass die Ungleichheit mehr ist als die Kolonialzeit, die in letzter Zeit gekommen ist, ein beschämender Beweis für die Freiheitskämpfer und das Blutvergießen für die Freiheitsbewegung in Indien. Es ist nicht so, dass wir keine Armutsminderung erreicht haben und die Idee der extremen Armut nicht untersucht wird, aber am anderen Ende des Spektrums steht die Frage, ob Indien wirklich steigt, warum 800 Millionen Menschen immer noch auf freie Ration angewiesen sind! Das ist mehr als die gesamte Bevölkerung der EU und 2/3 der USA, stellen Sie sich das vor und es wirft die Frage auf, warum wir immer noch nach 7 Jahrzehnten Unabhängigkeit verstehen müssen, dass die Probleme, die wir mit chronischer Armut in Verbindung gebracht haben. Nun, wenn man hin und her geht, ist es wahr, dass den Fragen der Armut nun auch ein multidimensionaler Armutsstatus zugeschrieben wurde, aber es gibt ernsthafte Fragen zur Armut, obwohl Indien das zweitgrößte Land unter den Nationen ist, die Menschen aus der Armut befreit haben. Die mangelnde Verteilung der Ressourcen im Land auf die Bevölkerungssegmente ist das Problem, bei dem Indien ins Stocken geraten ist, und die Antwort liegt sowohl in den politischen Kreisen als auch im Nenner der Korruption. Es gibt eine Menge Lärm, der über Indien in der Welt gemacht wird, dass Indien die drittgrößte Nation der Welt in Bezug auf das nominale BIP sein wird, aber es spielt keine Rolle, wenn das Geld nur an der Spitze verteilt wird und sogar der Rieseleffekt auf den unteren Abschnitt fast nicht vorhanden ist. Das Problem bleibt, dass die Menschen in Indien hauptsächlich immer noch arm sind, was in Indien nicht endemisch ist, aber in fast allen postkolonialen Nationen zu finden ist[30]. Indien muss wachsen, aber die Belohnung für das Wachstum muss auf jeden einzelnen kommen und immer noch steht es auf dem Papier. In der Tat ist es in der Theorie leichter gesagt und getan als in der Praxis, aber die Fragen, die sich zur Armut stellen, sind der Punkt, an dem wir als Nation immer noch versagt haben. Kommen wir nun zum anderen Rätsel des Wachstums, das die Probleme der Umweltverschmutzung und des Klimawandels aufwirft. Obwohl Indien die einzige Nation ist, die auf Augenhöhe mit dem Engagement des Pariser Klimagipfels 2016 sein soll. Der Anstieg der Stadttemperatur in den Städten Indiens ist ein weiteres ernstes Problem, bei dem Indien im Mittelpunkt des Spektrums der mit dem Klimawandel verbundenen Risiken steht. Die Frage der Umweltverschmutzung und der Armut hängt mit der „gigantischen" Bevölkerung zusammen, in der Indien die erste Position einnimmt, und den immensen Problemen, die sich daraus ergeben[31]. Es ist nicht so, dass es keine Hoffnung gibt, und wir können nicht negativ spekulieren, aber die Fragen sind relevant und wurden auch schon früher gestellt. Die Probleme der Grundwasserverarmung in der Stadt Bengaluru, die als "*Silicon Valley of India*" bezeichnet wird, erinnern an die Schrecken, mit denen Kapstadt in der nahen Vergangenheit konfrontiert war. Die Lebensqualität in Indien ist also ein Thema, bei dem wir vor Herausforderungen stehen, und der bloße Exodus von Personen mit hohem Nettoeinkommen, die Indien verlassen haben, ist der höchste. Der Exodus der Bürger ist für Indien passiert, trotz der Rhetorik der Gehirnablagerung und anderer Propaganda, die wir in letzter Zeit vielleicht über die Medien gehört haben. Jetzt, im Kontext der Umweltverschmutzung und der

---

[30] *https://www.bbc.com/news/world-asia-india-68823827*
[31] *https://m.economictimes.com/news/economy/indicators/india-to-emerge-as-an-economic-superpower-amid-impending-global-economic-landscape/articleshow/110418764.cms*

Bevölkerung, kommt die Bevölkerung, in der Millionen immer noch an den Rand gedrängt werden, auf der Seite der Gesellschaft. Dies mag daran liegen, dass wir in Indien, wo wir stolz auf unsere vergangene Zivilisation und unseren Ruhm sind, das Konzept der Ungleichheit seit langem normalisiert haben. Die vorindustrielle Ära Indiens, in der Religion und Karma ein wichtiger Teil des Diskurses der Gesellschaft in Indien waren, hatte die Armut in Bezug auf die Sünden des vergangenen Lebens normalisiert. Die gandhische Art der Ökonomie konzentrierte sich auch weniger auf Materialismus und Industrialisierung mit Schwerpunkt auf die kleinindustrielle Entwicklung in Bezug auf die Textilherstellung durch das Rad (Charkha[32]). Dies hat die Nachteile, da es mit der Seele verbunden ist, aber die Lücke in Bezug auf die schwere Industrialisierung und die Entwicklung des verarbeitenden Gewerbes ist der Punkt, an dem wir hinterherhinken, was zu einer schweren Beschäftigungskrise geführt hat, die sich im letzten Jahrzehnt noch verschlimmert hat, abgesehen von dem Inflationsdruck, da wir in diesen Zeiten von einer globalen Macht sprechen.

---

[32] https://www.newindianexpress.com/web-only/2023/Oct/14/welfare-of-all-rather-than-profit-for-a-few-why-gandhian-ideas-can-still-guide-economic-policies-2623932.html

Wir sind dank der Tapferkeit von wenigen aus dem Land der Kühe in den Weltraum gekommen und wohin gehen wir als nächstes in der technokratischen Welt?

In der Nation von Indien, wo Bücher von Autoren wie von Baisham **"The Wonder that India Was"** oder von V.S. Naipaul "**A Wounded Civilization**" über die glorreiche Vergangenheit und die Art und Weise, wie wir degradiert wurden, sprechen, während Bücher wie **"Indian Summer"** und **"Dethroned"** in brillanten Details erklären, wie die Nation von Indien dazu kam, falsch(gemanagt) und in Form von Indien von der Landmasse zurückgenommen zu werden, die wir vor der Kolonialherrschaft oder Imperialisierung kannten. Sogar die Werke von Dalrymple haben sich auf die Nuancen von Mughal und British Raj konzentriert, wo der Fokus auf die Zukunft und das Wiederaufleben kein Thema war. Das wurde in Büchern von *Herrn Nilekani, Shashi Tharoor, S. Jaishankar, Dr. Kalam* und anderen behandelt. Nun, wenn sich die Leser fragen, ob dies eine Bücherleseliste oder ein neues Kapitel ist. Moment! Indiens Fortschritte in der Vergangenheit sind möglicherweise nicht gut dokumentiert, insbesondere das antike Wissen, das im Spiel der Zivilisation und Eroberung verloren gegangen ist. Die Frage ist immer, was ist mit der wissenschaftlichen Arbeit, wo das Wissen und die Wissenschaft der vorkolonialen Zeit sowie der Kolonialzeit uns das Verständnis unserer Reise in der Neuzeit vermitteln können, insbesondere sei es Raumfahrt, Medizin, Information oder Nanotechnologie [33]. In Bezug auf die Elektronikfertigung zur Chipherstellung liegt Indien dahinter zurück, wo China, Japan und Südkorea die Alternative zum Westen gezeigt haben. Es ist nicht so, dass Indien nicht das Potenzial oder die

---

[33] *https://www.news18.com/opinion/opinion-igniting-indias-job-engine-the-untapped-potential-of-manufacturing-8948962.html*

Fähigkeit haben könnte, Produkte wie Fernsehen, Waschmaschine usw. unter indischen Markennamen herzustellen. Das Geschenk von *Onida, BPL, Videocon* schien jedoch verpufft zu sein, da nichtindische globale Giganten den Marktanteil erobert haben. Die gleiche Geschichte gilt für die mobile Fertigungsindustrie, in der **M.I.L.K. (Micromax, Intex, Lava, Karbonn)** aufgrund des Angriffs chinesischer Mobiltelefone zusammenbrach, und selbst in der Halbleiterherstellung haben wir die ersten Schritte unternommen. Es gibt immer einen Silberstreif am Horizont, insbesondere mit einem produktionsbezogenen Anreizsystem und einem politischen Fokus auf die inländische Fertigung als Notwendigkeit der Stunde im globalen Szenario des 21. Jahrhunderts. [34] Indiens Weltraumreise, die auf bescheidene Weise begann, wo das berühmte Bild unseres ehemaligen Präsidenten A.P.J. Kalam, der eine Rakete zum Start auf seinem Fahrrad trägt, ein Bild ist, das unseren Stolz anschwellen lassen kann. Wir sind von dort aus zur Nation geworden, die im ersten Versuch auf dem Mars gelandet ist, und zur ersten Nation, die auf der Südseite des Mondes gelandet ist. Was ist jedoch mit den größeren Problemen, die wir in der Hand haben, was ein Beweis für die Herausforderungen ist, die wir als Individuum und nicht als Nation bewältigen mussten. Die Nation kann sich im Ruhm sonnen, aber das Unterstützungssystem unserer Nation ist der Ort, an dem wir immer noch zurückbleiben, und die strukturellen Mängel, die in den Werken der Gelehrten aufgetaucht sind, sollen nur die Bibliotheken und die kognitive Diskussion in schicken Cafés füllen. Die Betroffenen bzw. die Rinderklasse sind apathisch gegenüber dem Szenario der sie quälenden Probleme oder vielleicht sind die Tränen im Labyrinth feudaler Politik und Korruption auch heute noch ausgetrocknet. Es ist in all diesen Jahren nicht so dunkel, da an Orten wie **Kalahandi in Odisha, Bastar, der letzten roten Bastion in Chhattisgarh,** und trotz korrupter und kastenbasierter Politik anstelle von Entwicklung, die auf einem Durchsickereffekt an Orten wie im *Osten der USA oder in Teilen von Bihar beruht, abgesehen von Fortschritten in Odisha, Madhya Pradesh in andere Staaten wie Punjab, Westbengalen, Tamil Nadu usw.,* positive Optimismuserscheinungen aufgetreten sind. Der Fortschritt war in dieser Fata Morgana-Nation anders, die in jeder Bedeutung des Wortes

---

[34] *https://www.globaltimes.cn/page/202311/1302676.shtml*

wie ein Puzzle funktioniert, sei es geografisch, kulturell oder sozial. Daher geht es bei der Idee der Nation Indien um Raumschiffe sowie die Grundmenge an Nahrung und Gesundheitsversorgung. Indien, ein Land mit dem größten Nahrungsmittelprogramm, leidet ebenfalls unter dem Hungerindex, der unter Pakistan und Bangladesch liegt, muss und sollte kritisiert werden, muss aber dennoch mit einer Prise Salz genommen werden. Also, alles, was gesagt und getan wurde, die Menge an Kinderkrämpfen, Kinderarbeit und Menschenrechtsindizes in der größten Demokratie der Welt ist das, was jeden verblüfft, einschließlich der Bürger, die betroffen sind, einschließlich mir. Wo liegt also die Zukunft Indiens? Nicht um den Weltraum oder den hohen Tisch in der neuen Weltordnung zu erobern, sondern um Lösungen für zentrale und dynamische Verwerfungslinienprobleme dieser fragmentierten Nation zu liefern.

Wir wollen eine junge Startup-Nation sein, aber tun wir genug für sie?

Die Frage und das Problem ist, dass viele von uns Sesselkrieger sind, während die Verantwortung und der Impuls auf dem Feld sein müssen, was auf unserer Reise leichter gesagt als getan ist. In der Nation der **Alpha-Zillenials**, die die Mischung aus *Millennials, Generation Z und der aufstrebenden Alpha-Generation* ist, die sich am Scheideweg der weltweit größten Demokratie und bevölkerungsreichsten Nation befindet, hat das Potenzial und die Macht, den Lauf der Welt zu verändern. Indiens demografische Dividende kämpft jedoch immer noch darum, der großen Anzahl von Menschen, bei denen die Fähigkeiten und die Nachfrage nach Talenten nicht übereinstimmen, geeignete Arbeitsplätze zu bieten. Dies ist genau das Problem, bei dem die Politik die Lösungen angehen muss und nicht nur eine Verschreibung der Probleme. In den letzten Jahren sind staatliche Maßnahmen und Finanzmittel für Start-ups aufgekommen, und es gibt Hoffnung, aber die Schaffung eines guten Ökosystems ist der Schlüssel zur Entwicklung einer Nation, in der Jugendliche eine Rolle spielen können. Von **Zerodha** bis **Agniban**, von Fintech bis hin zu Weltraum-Startup-Erfolgen gibt es Misserfolge **wie Byjus.** Dies ist jedoch alles ein Teil der Reise, und die Idee muss immer auf die Zukunft ausgerichtet sein. Die Idee der Regierung, ein Mudra-Darlehensprogramm **bereitzustellen**, ist ein konkreter Schritt, um Unternehmern und ambitionierten Inhabern von Geschäftsideen zum Erfolg zu verhelfen. Der indische Traum des 21. Jahrhunderts ist eine Möglichkeit und kann Wirklichkeit werden, aber es gibt einige strukturelle Mängel in der Politikgestaltung und -umsetzung, vom Bildungsaufbau bis zum Aufbau der Infrastruktur und der Umsetzung der Politik, die zwischen Zentrum, Staat und auf lokaler Ebene koordiniert werden müssen. Neue Bildungspolitik auf dem Papier ist großartig, um eine neue Form der Bildung abseits der kolonialen "Kokosnuss" -Studentenfabrik-Ausgabemethode von Macaulay zu schaffen³⁵. Ein System, das braunhäutige Indianer mit weißem Inneren schaffen sollte, das dem britischen Raj entsprach. Es ist jetzt an der Zeit, dass sich die modernen Zeiten und die modernen Bedürfnisse eines veränderten und selbstbewussten Indiens auf Lösungen konzentrieren, bei denen die Dynamik von künstlicher Intelligenz, maschinellem Lernen und Codierung keine Schlagworte mehr sind, sondern Anforderungen der modernen Zeit an eine neue jugendgetriebene Gesellschaft, die Indien braucht. Das Wachstum der Arbeitslosigkeit in Indien in den letzten zwei Jahrzehnten war ein Grund zur Sorge, da das Land eine Expansion seiner Wirtschaft ohne entsprechende Zunahme der Beschäftigung erlebt hat. Diese Trennung führt unter anderem zu erhöhter Frustration, insbesondere bei den Jugendlichen, die Arbeitsplätze suchen, die Stabilität und Sinnhaftigkeit bieten. Die Einführung des Agniveer-Programms, das die langfristige Arbeitsplatzsicherheit für Militärdienstleistende durch kurzfristige Verträge ersetzt, hat diese Bedenken hinsichtlich der Arbeitsplatzsicherheit und der Aushöhlung des Sozialvertrags zwischen dem Staat und seinen Bürgern nur noch verstärkt³⁶. Es hat das Potenzial, traditionelle Beschäftigungswege zu stören, die vielen jungen Indern Stabilität und Patriotismus verschafft haben.

Zusammenfassend lässt sich sagen, dass es einen vielschichtigen Ansatz geben muss, um diese Herausforderungen anzugehen, wie z. B. Wirtschaftsreformen, die Entwicklung von Kompetenzen neben der Schaffung von Arbeitsplätzen sowohl innerhalb öffentlicher als auch privater Institutionen. Dies sollte mit einer gründlichen Überprüfung des Reservierungssystems einhergehen, um sicherzustellen, dass es seinen ursprünglichen Zweck erfüllt, indem es benachteiligte Menschen stärkt, anstatt als Instrument für politische Gewinne genutzt zu werden. Indien war in den letzten zwei Jahrzehnten immer in der Diskussion über das Konzept der **„demografischen Dividende**³⁷**"**, aber die Verschwendung der Ressourcen der jungen Bevölkerung war

---

³⁵ https://thewire.in/education/lord-macaulay-superior-view-western-hold-back-indian-education-system
³⁶ https://www.businesstoday.in/india/story/former-army-chief-hints-at-badlaav-in-agniveer-scheme-some-changes-could-be-made-after-431439-2024-05-30#:~:text=years%20of%20service.-,Under%20the%20Agnipath%20Scheme%2C%20which%20was%20rollte%20out%20in%20June,dass%20has%20upset%20army%20aspirants.
³⁷ https://www.livemint.com/economy/ageing-population-a-structural-challenge-for-asia-india-s-demographic-dividend-to-dwindle-adb-11714637750508.html

ein weiteres Anliegen. Der Begriff der Pakoda-Nomik, *bei* dem der Verkauf von Krapfen auch als Beschäftigung gilt, mag moralisch richtig sein, reicht aber aus, um zu urteilen und zu rechtfertigen. Es ist wahr, dass nirgendwo auf der Welt eine Regierung behaupten kann, dass 100 Prozent der Bevölkerung erwerbstätig sind, weil es bei der Beschäftigung nicht nur um Chancen geht, sondern gleichermaßen um die Menschen oder Humanressourcen, die Arbeitsplätze in Anspruch nehmen wollen, und um diejenigen, die Beschäftigungsmöglichkeiten schaffen können. Das heißt, diejenigen, die Kapital oder/und Geschäftsideen besitzen und den verfügbaren Ressourcen Möglichkeiten bieten können. Indien hat sich dieser eigentümlichen Herausforderung des Wachstums gestellt, mit einer Inflation, die wirtschaftlich logisch ist, aber ohne entsprechende Beschäftigungsmöglichkeiten, die unlogisch erscheinen. Daher ist die Idee des Wachstums ohne Arbeit in den letzten zwei Jahrzehnten ein Thema, das aufzubrechen scheint, wenn Programme wie Agniveer die Sicherheit der langfristigen Beschäftigungsmöglichkeiten ersetzen, die sich in den Diensten der Streitkräfte ergeben, wenn auch mit Risiko, Not und einer Prise Patriotismus. Vorbehalte im Namen der Politik, die als Weg für die Ausgegrenzten gedacht waren, sind jetzt zu einem Sicherheitsventil für die Wählerbank geworden, in der neue Kasten und Unterkasten nach Vorbehalten suchen, um sich dem Kampf anzuschließen. Die Obergrenze von 50 Prozent Reservierung von Indra Sawhney Fallempfehlung wurde bereits mit einem weiteren Sahnehäubchen auf dem Kuchen der Reservierung in Form von "wirtschaftlich schwächeren Abschnitt", der vage definierte Parameter hat, durchbrochen. Dann stellt sich die Frage der Reservierung für andere rückständige Klassen, sei es für die cremigen oder die nicht cremigen Schichten des Kuchens der Reservierung und nicht zu vergessen die Minderheitenstimmenbankpolitik. In diesen politischen Spielen ist der Fokus auf die Schaffung von Arbeitsplätzen, sei es durch **„Pradhan Mantri Kaushal Vikas Yojana"** in Form einer Ausbildung oder der Schaffung von mehr Produktion durch ein produktionsbezogenes Anreizsystem für die Herstellung elektronischer Geräte im Rahmen des *„Make in India"* -Programms, immer noch schwierig. Daher muss die jetzige Regierung langfristig einen Ausweg finden. In Indien ist die Frage der Reservierung für andere rückständige Klassen, die sowohl cremige als auch nicht cremige Schichten enthalten, eine heikle politische Angelegenheit. Das Ziel dieser Politik ist es, soziale Gerechtigkeit und wirtschaftliche Emanzipation zu erreichen, aber die Umsetzung wurde oft durch die Politik der Stimmbanken auf Kosten der Schaffung von Arbeitsplätzen und des integrativen Wachstums beeinträchtigt. Die Initiativen der gegenwärtigen Regierung wie Pradhan Mantri Kaushal Vikas Yojana (PMKVY) zur Kompetenzentwicklung und das Production Linked Incentive (PLI) -Programm für die elektronische Fertigung im Rahmen von Make in India sind einige politische Maßnahmen, die darauf abzielen, die Herausforderungen der Arbeitslosigkeit und der wirtschaftlichen Entwicklung anzugehen [38]. Allerdings sind die Fortschritte an diesen Fronten mit dem politischen Szenario in Indien, das seine eigene Komplexität in dieser vielfältigen demokratischen Nation der Welt hat, langsam geblieben.

---

[38] https://www.business-standard.com/industry/news/with-geo-political-concerns-engg-firms-nudge-suppliers-to-make-in-india-124063000283_1.html

Roti, kapda, makaan (Nahrung, Kleidung, Unterkunft) mit universeller Gesundheit und Bildung noch hinter Dharam, Jati und Deshbhakti (Religion, Kaste und Nationalismus) für Watan, Vardi und Zameer (Nation, Uniform und Gewissen)

Unser neues Parlament hat das Wandbild von **"Akhand Bharat"** [39] oder ungeteiltem indischen Subkontinent, wo alle Nationen in Südasien ein Teil von Groß-Indien sind. Die Nation hat in zwei Teilen Punjab und Bengalen geblutet, von denen beide, wenn sie vereint wären, in Indien geblieben wären oder wenn sie ihr eigenes Schicksal durch die Bildung verschiedener Nationen gebildet hätten, eine andere Flugbahn hätten haben können. Indien, die Wundernation, die von vielen westlichen Kommentatoren und sogar von Churchill als Fata Morgana bezeichnet wurde, der die Idee Indiens und sein Streben nach Unabhängigkeit ablehnte und die Nation als imaginär wie den Äquator bezeichnete. Die Politik Indiens selbst nach 200 Jahren schlecht verwalteter Kolonialherrschaft, mit Ausnahme einiger Schritte, die bloß und notwendig genug waren, um die Vorherrschaft in einer Nation zu halten, in der sie Indien mit Hilfe der Indianer halten konnten, obwohl sie zahlenmäßig winzig waren. Jahre vor der europäischen Kolonisation, die spätere Mogul-Ära oder das Sultanat von Delhi davor und sogar das Sultanat von Maratha, Rajput und Bengalen hatten alle ihren eigenen Stil und die Ausführung von Plänen, von denen einige willkürlich sein könnten und denen die Umsetzung des Regelwerks fehlte, die die Western hervorgebracht haben könnten.

---

[39] *"Wir sind in Gefahr, rette uns...", Pakistan ist nervös, als es das Wandbild "Akhand Bharat" im neuen indischen Parlament sieht - The Economic Times Video | ET Now (indiatimes.com)*

Es bedeutet in keiner Weise, dass es kein System der Regierungsführung, der Stadt- und Landplanung, der Landaufzeichnungen, des Gerichts und der Verwaltung gab, das weitgehend feudal war, aber nicht an äußerster Raffinesse mangelte. Man kann sagen, dass sich die meisten neokolonialen Länder dem Kolonialstil anpassten, während die Stämme oder indigenen Völker dort blieben, wo sie waren, abgesehen von der Tatsache, dass sie die Kontrolle über die Ressourcen verloren. Leider ist in Indien vor und nach der Unabhängigkeit die Politik des Kasteismus, der Reservierung und des ***Roti-kapda-makaan (Nahrung, Kleidung und Unterkunft) aur garibi hatao (Armut beseitigen[40])*** seit den letzten Jahrzehnten an Ort und Stelle geblieben, hat sich aber in der Befreiung verändert. Es stimmt, dass der Kontext und die Situation der Armutsmessung in Indien, wo einst Armutspornos und Armutstourismus von Westlern und westlichen Medien, die ihre Notlage vernachlässigten, weit verbreitet waren, sich ebenfalls langsam, aber dynamisch verändern. Die Dinge brauchen Zeit, und das gilt auch für Indien, obwohl viele Länder, wenn auch kleiner und sogar bevölkerungsbezogen, wie Südkorea, Taiwan, Singapur usw. den Weg gewiesen haben. Indien ist das Wunder der menschlichen Zivilisation, die als Land [41] entworfen wurde. Es ist wahr, dass diese Nation Bücher wie "Land der Idioten" produziert hat, und es ist dieselbe Nation, die unglaubliche Erfolgsgeschichten produziert hat. Indiens Problem liegt in der Bevölkerung, wo die meisten von ihnen noch halb gebildet sind, ungebildet den Lärm in den sozialen Medien machen und es vielleicht nicht sind oder die Menschen, die gebildet sind, in ihrem eigenen Elfenbeinturm sind oder vielleicht nicht daran interessiert sind, Teil des Problems des abfälligen Begriffs zu sein, der verwendet wird, um **"Viehklasse" zu definieren.** Die Idee des Konzepts, dass jeder Bürger ein menschenwürdiges Leben erhält, ist das, was definiert und unterscheidet, und Indien, das die bevölkerungsreichste Nation der Welt ist, hat eine Herausforderung zu bewältigen. Kann Indien dies tun und wenn ja, in wie vielen Jahren oder in welchem Zeitrahmen? Bücher wie ***"Indien hat seine Bürger im Stich gelassen"*** auf der

---

[40] *'Garibi hatao' als Zahlenspiel (deccanherald.com)*
[41] *Indiens Überleben als vereinte Nation für 70 Jahre ein Wunder: Ramachandra Guha (business-standard.com)*

einen Seite und auf der anderen Seite die wunderbare Politikgestaltung und -umsetzung wie *"Ziel 3 Milliarden"* durch den verstorbenen Präsidenten von Dr. A.P.J. Abdul Kalam Azad oder über Indiens digitale technologische Revolution von Nandan Nilekani neben Bimal Jalan und vielen anderen sind da. Die Antwort liegt wahrscheinlich in der Mitte, die Raghuram Rajan, obwohl er ein nicht in Indien ansässiger Helikopterökonom war, in seinem neuesten Buch festgehalten hatte. Auch in diesem Sinne sind Abhijit Banerjee und Amartya Sen, zwei bengalische edle preisgekrönte Ökonomen, die jetzt Bürger der USA sind, ironischerweise aus Bengalen, das selbst seit der Unabhängigkeit ständig im Spektrum einer ständigen Deindustrialisierung steht. Indien muss sich umsehen und seine Politik für den nacheilenden östlichen Teil Indiens und Nordostindiens definieren, wo trotz unglücklicher Vorfälle ethnischer Konflikte an Orten wie Manipur in letzter Zeit immer noch eine proaktive Regierungspolitik für die sozioökonomische Entwicklung zu verzeichnen ist. Einst **brachte BIMAROU (Bihar, Madhya Pradesh, Rajasthan, Odisha, Uttar Pradesh**) in gewissem Maße neue Stars wie Odisha, Uttar Pradesh und sogar Madhya Pradesh und Rajasthan hervor. Das Konzept der bloßen Armutsbeseitigung ist nicht die Lösung, aber wie? Es könnte sich um eine kleine Selbsthilfegruppe handeln, die sich auf das Odisha-Modell konzentriert. Das Modell des Kerala-Modellkapitalisten Gujarat, was auch immer für den adaptiven Erfolg funktioniert, ist in diesem neuen Indien ohne Gandhi mehr als willkommen.

Fazit

PB *Chakraborthy war der Oberste Richter des Obersten Gerichtshofs von Kalkutta und fungierte auch als amtierender Gouverneur von Westbengalen. Er schrieb einen Brief an den Herausgeber von RC Majumdars Buch, A History of Bengal. In diesem Brief schrieb der Oberste Richter: "Als ich amtierender Gouverneur war, verbrachte Lord Attlee, der uns Unabhängigkeit gegeben hatte, indem er die britische Herrschaft von Indien zurückgezogen hatte, während seiner Indienreise zwei Tage im Palast des Gouverneurs in Kalkutta. Zu dieser Zeit hatte ich eine lange Diskussion mit ihm über die wirklichen Faktoren, die die Briten dazu veranlasst hatten, Indien zu verlassen." Chakraborthy fügt hinzu:* **"Meine direkte Frage an Attlee war, dass, da Gandhis Quit India-Bewegung vor einiger Zeit zurückgegangen war und 1947 keine so neue zwingende Situation entstanden war, die eine übereilte britische Abreise erforderlich machen würde, warum mussten sie gehen?"** *In seiner Antwort nannte Attlee mehrere Gründe, von denen der wichtigste die Erosion der Loyalität zur* **britischen Krone unter dem indischen Armee- und Marinepersonal als Folge der militärischen Aktivitäten von Netaji war "**, *sagt Richter Chakraborthy. Das ist noch nicht alles. Chakraborthy fügt hinzu:* **"Gegen Ende unserer Diskussion fragte ich Attlee, wie groß der Einfluss Gandhis auf die britische Entscheidung war, Indien zu verlassen. Als er diese Frage hörte, wurden Attlees Lippen zu einem sarkastischen Lächeln verdreht, als er das Wort langsam auskaute, m-i-n-i-m-a-l!"**

Gandhi war ein Mann der Widersprüche und fehlerhaft wie jeder Mensch, obwohl er ein moralisch überlegener Hüter der Massen sein wollte. Er kann als naiv bezeichnet werden, derjenige, dem es an Durchsetzungsvermögen mangelte, und sogar seine sogenannten Laster, die er in seinem eigenen Buch zugab, abgesehen von der rassischen Haltung, die in seinem früheren Leben in Frage gestellt werden könnte. Doch trotz der Kritik war es Netaji, der ihm den Ehrentitel **"Vater der Nation" verlieh, der** nicht durch das *Recht auf Information* anerkannt wurde. Derselbe Mann, der von Gandhi ermahnt wurde, gab ihm den Titel, abgesehen von Tagore, der ihn **"Mahatma"** nannte. Was er war, konnte auf andere Weise in Frage gestellt und beantwortet werden. Als Kritiker oder als Niemand hatte dieses ikonische Stück Fleisch und Blut immer noch sein einzigartiges Zeichen, das **Einstein** bemerkte: *"Generationen, die kommen werden, werden kaum glauben, dass ein solcher wie dieser jemals in Fleisch und Blut auf dieser Erde wandelte. (sagte von Mahatma Gandhi)"*

www.ingramcontent.com/pod-product-compliance
Lightning Source LLC
LaVergne TN
LVHW041538070526
838199LV00046B/1727